彼女はいいなり

サタミシュウ

角川文庫 17592

　体育館で行われた一学期の終業式と、その後の教室での担任からの夏休み中の諸注意が終わると、クラス中の誰もが一斉に「暑い」と呻《うめ》きながら立ち上がった。テレビのニュースで毎日繰り返される「記録的な猛暑」というフレーズを思い出すまでもなく、美樹《みき》もうんざりした顔で立ち上がると、すかさず後ろの席の田島《たじま》が、首を伸ばして声をかけてきた。

「みきちゃんは彼女と？」

　田島は「そうじゃなければどっか遊びに行くか」の意味を込めていたので、美樹は一瞬、照れそうになったが、それを堪《こら》えて無表情で頷《うなず》いた。

「まあそんなとこ」

　入学してすぐに仲良くなった田島が、本当はいちばん呼ばれたくない、女に言うような名前のちゃん付けで呼び続けていることにはもう慣れたが、ガールフレンドの苑《その》子《こ》のこととなると、いつまでも慣れない。

　美樹が必要以上に苑子の話をされるのが苦手なことを知っている田島は、「じゃ、俺は近石《ちかいし》あたりと一緒にいると思うから、なんかあったら」と言い残すと、先に教室を出て行った。美樹は「おう」とその背中に返事をし、少し間を置いてから自分も教室を出た。

階段を下りて下駄箱に向かう途中で、一年生のときに同じクラスだった連中が、「ミッキー、またな」と声をかけてきた。手を振りつつ、つくづく、親はなぜ男の自分にこんな名前をつけたのかと恨めしくなる。おかげで、鷺坂《さぎさか》という名字のほうで呼ばれたことがほとんどない。

校舎を出て容赦なく照りつける陽射しに晒《さら》され、貧相で木陰もほとんど作れない松の木が無造作に並んでいる校門までの道を歩きながら、やっぱり初体験は夏休みにするのが定番なのかなと、美樹はそんなことをぼんやり考えていた。先を歩いている三人の下級生の女の子たちの白いブラウスが、汗で背中に張り付いていて、三人揃って白いブラジャーが透けていた。あの子たちもとっくにセックスしてるんだろうかと思うと、少し性器が反応しそうになって、慌ててその先の男たちのほうへ視線を変えた。

いったいどこに何匹いるのか、蟬の鳴き声があちこちから襲いかかるように聞こえてくる。ふと見るとカッターシャツの袖《そで》の先が、汗でうっすらと茶色くなっている。その中から肘《ひじ》や細い手首にも汗の筋がつたっていく。

校門に近づくと、同じクラスの女子が五人、何やら騒いでいた。「しほしほ、寂しいよお」という声が聞こえて、すぐに事情が飲み込めた。見送りの教師が他にも二人立っていたが、美術担当で美樹のクラスの副担任の、志保《しほ》先生が取り囲まれているようだった。

二五歳だが、背が低く童顔ということもあり、真面目に「間宮《まみや》先生」と呼びかける女生徒はほとんどいなかった。「志保ちゃん」と呼んだり「しほしほ」とあだ名をつけては、まるで妹を可愛がるかのようにちょっかいを出している。元々ヤンキーのような格好の女子が多かったところに、昨今は人気女性歌手の影響で、陽焼け顔に派手な化粧をする子たちも増えていて、そんな中、ポロシャツやトレーナーにナイロンジャージ、化粧っ気はなく眼鏡に無造作なポニーテールの小柄な先生は、確かに幼く見える。

苑子を待つために校門の陰になったところにもたれて、美樹はしばらくその様子を見ていた。先生はさすがに終業式だからか、ジャージではなく、野暮ったいグレイのスーツを着ていた。女生徒たちは一人一人、志保先生に抱きつくようにして、夏休みの間は会えなくて寂しい、元気でねと、声をかけている。地味な志保先生と、やたらと短くしたスカートにルーズソックスや、きつく巻いた髪型といった格好の色黒の子たちの姿は、遠目から見れば気の弱い後輩を取り囲んでいる柄の悪い連中に見えなくもない。

ようやく女生徒たちが離れて、「しほしほ、じゃあね」と手を振って去っていき、ふと美樹が振り返ると、志保先生と目が合った。志保先生はぱっと笑顔になって美樹のほうに近づいてきた。友人たちにも言ったことがないが、地味で真面目で、しかし可愛らしい顔立ちをしている志保先生に、美樹は少し憧《あこが》れていたので、急にドキドキしてきた。

「鷺坂くん」

「森脇《もりわき》、まだ通ってないですよね」

志保先生に話しかけられるのと同時に、いまここに立っている理由を伝えつつ、照れくささをごまかすために、美樹は言った。志保先生は「え？」という顔をして小首を傾げたが、すぐに事情を理解して頷いた。

「まだだと思うよ。そうか、二人一緒だもんね」

美樹と苑子がつきあっているのが伝わっているのかはわからないが、元々幼なじみで仲が良く、最寄駅も同じことは志保先生も知っている。そのことを指して言っているのだが、美樹はなんだか、好きな先生が好きな女の子とのことを認めてくれたような、ムズムズする妙な感じがした。何と返事をしようか困っていると、また先生は「しほしほ〜」と駆け寄ってくる女生徒たちに取り囲まれて、美樹はほっとしたような、悔しいような気持ちになった。

まもなくして、苑子が同じクラスの女の子と一緒に歩いてきた。瞬時にいろんなことを考えてしまう癖がある美樹は、苑子に「今日はこの子と遊ぶから」と突然言われることや、「三人でお茶しましょう」と言われることを想像して身構えた。しかし苑子は美樹の姿を見つけると、友達に「じゃあね」と手を振って、小走りに駆け寄ってきた。美樹は自分の妄想癖に呆《あき》れながらも、苑子の足に見とれた。

さっき志保先生にからんでいた女の子たちのように、無理矢理短くはしていないが、もともとの制服がチェックミニのプリーツスカートなので、その太ももは普通に目に入る。苑子は比較的普通の格好をしているほうだが、やはり流行《はや》りには勝てないのか、この暑い中でもルーズソックスをはいている。美樹はその、苑子のソックスとスカートの間の生足を見るのがたまらなく好きなのだが、もちろん本人には言えないし、絶対に悟られないように気をつけている。

「美樹」

苑子が「おまたせ」の代わりに名前を呼んだ。美樹は黙って頷いた。そのとき、苑子の声に気が付いて、志保先生が振り返った。目が合った美樹は会釈をすると、苑子に視線を戻して歩き出した。苑子はその美樹の姿を見て振り向き、志保先生がこちらを見ていることに気づくと、満面の笑みを浮かべて「しほしほ、さよなら」と手を振った。志保先生も「気をつけてね」と声をかけた。

「しほしほ、超可愛い」

美樹の隣を歩きながら、苑子が呟《つぶや》くように言った。美樹は思わず頷きそうになったが、なんとか堪えた。「苑子のほうが可愛いよ」などと軽口を叩《たた》けるタイプでもない。

彼女はいいなり

小学校から同級の苑子とは、申し合わせたわけではないが、高校も同じになった。人口は一五万人程度だが県内第三の都市にある高校へは、美樹と苑子が住む町からは急行で三〇分ほどかかる。同じ駅から登下校する生徒はほんの数人で、自然と二人は朝、同じ時間の電車で落ち合うようになった。下校時はそれぞれの友人たちと遊んだり、美樹は学習塾通いの曜日もあったり、苑子は演劇部の稽古《けいこ》で、別になることのほうが多かった。

美樹は女の子に対しては奥手というか、いわゆる性欲や自慰と、身近な女の子たちとつきあうことがまだうまく合致していなかったので、逆に苑子とは普通に友人として会話ができたし、楽だった。しかしやはり中学生と高校生には大きな隔たりがある。男友達が二人のことをからかったり、あるいは苑子のことを気に入ってる男子がいるというような話を聞いたりするうちに、美樹の中で、もっとも仲が良くて、しかもルックスも悪くない苑子を、みすみす他の男に取られる恐怖がむくむくと大きくなってきて、やがてそれが恋に変わった。

そこからたっぷり思春期にありがちな迷いの期間を経て、二年生になった始業式の終わりに一緒に帰る約束をした。そして二人の家の最寄駅に着くまで文字通りにガクガクと足を震わせながら、告白のタイミングをうかがった。後から苑子は、朝会ったときから美樹が告白したいんだろうなというのがわかっていたと恥ずかしそうに笑ったが、美樹は駅を出て、小さなロータリーを回り込むように進んで、そこから別々の帰り道になるところで、ようやく勇気を振り絞った。

美樹が上ずった声で「俺とつきあってほしい」と告げると、苑子は俯《うつむ》きながら「はい」と小声で返事をし、上目遣いで美樹を見た。そのときの美樹の顔は、これまで一度も見たことがなかったものらしく、思わず苑子は吹き出してしまった。一瞬、美樹は告白を笑われたのかと勘違いして、ダッシュで立ち去りたくなったが、苑子はすっと手を伸ばすと、カーディガンの袖の先から出した指で、美樹の学生服の袖をつまんだ。そして目を上げて「よろしくね」と言うと、すぐに「また明日《あした》ね」と踵《きびす》を返して小走りで帰っていった。

美樹はいままで感じたことがない達成感が体中をかけめぐるのを実感しながら、揺れる制服のチェックのスカートの裾《すそ》と、その太ももと、最近流行っているというルーズソックスと茶色のローファーを見つめた。これまで何度も見たことがあるはずなのに、突然、それが女の子の体なんだと生々しく見えたことを覚えている。

そしてそれから三か月が過ぎ、猛暑が続く夏がやってきた。恋人同士となった二人だったが、これまでと変わったことと言えば、土日にファミリーレストランやカラオケで会う回数が増えたくらいだった。セックスはおろか、美樹はキスを切り出す勇気すらまだなかった。そのことを想像して自慰をするようになり、苑子の体への興味は湧く一方だったが、思春期の男によくあるように、冷静になったときにその性欲が汚らわしいものに感じてしまうのも、美樹をますます奥手にさせていた。

つまり二人は端から見れば元々仲のいい幼なじみのままで、実際、田島のようなとくに仲のいい友人たち以外のクラスメイトはそう思っていた。お互いの親も二人がよく遊んでいるのは知っているが、恋人同士になったことは知らない。

学校から駅までは早足で歩いて一五分ほどかかる。ふだんは自転車通学の友人に二人乗りさせてもらって帰ることが多いが、たまに苑子と待ち合わせて帰るときは話しながら歩き、時間と小遣いの残りがあれば、駅前のミスタードーナツやイタリアン・トマトに寄ることが多かった。

「美樹、ごめん今日、あんまり時間ないんだ」

学校を出ると苑子が言った。

「部活？」

「ううん、親戚《しんせき》が家に来るから、夕飯よりも早めに帰ってって。朝、ママに急に言われたの。ごめんね」

「じゃあしょうがない。まっすぐ帰る?」

美樹はがっかりしつつも、小遣いも残り少なくその点では少しほっとして言った。

「でもそれもつまらないから、一〇分くらい寄り道してもいい?」

苑子はそう言うと、ちょうど大通りに出たところで斜め前のほうへ目をやった。その先には城跡に作られた公園がある。門などが江戸時代当時のまま残っていて、堀に囲まれ、かつては城だった芝の広場は天気の良い日は気持ちのいい場所で、花見のシーズンにはそれなりに賑《にぎ》わう。しかしいかんせん鳩とそのフンが多すぎて、学校帰りに立ち寄る生徒はあまりいなかった。美樹と苑子はその公園の中で、あまり鳩が集まらない比較的きれいなベンチを見つけていた。

モーゼの十戒のごとく鳩がバサバサと道を開けていく中を進んで、二人でその「定位置」に座った。苑子がスカートの裾を直す。どうしても美樹はそこから伸びる足に目がいってしまう。美樹は横目で苑子の太ももが合わさるところを、焼き付けるように見つめてから、気づかれないように公園の櫓門《やぐらもん》があるほうに目をやった。そして最初からそちらを見ていたようなふりをして、苑子に顔を向けた。

同時に苑子も美樹のほうを見て、間近で目が合った。

「照れます」

苑子は照れたときの癖で丁寧語になると、恥ずかしそうに目を伏せた。美樹は真っ赤になりながら、キスのタイミングというのは、本当はこういうときなのかなと思い、そう思えば思うほど、頭が真っ白になっていった。

「まだ先なんだけど、来月、発表会があるんだ。美樹、来れる？」

苑子がソックスの位置を直しながら言った。

「発表会？」

「秋の大会の前に、毎年このへんの四つの高校の演劇部が集まってやるの。予行練習みたいなものだけど、でも衣装とか照明もちゃんと入れて、本格的にやるのよ」

「へえ、知らなかった」

「去年はまだつきあってなかったからね」

苑子はとくに深い意味を持たずにそう言ったが、その言葉に美樹は思わず返事に詰まってしまった。そしてその美樹を見て、苑子も少し恥ずかしそうにした。

「いまはつきあってますが」

苑子はまた丁寧語になった。美樹はますます照れて言葉を失い、数秒経ってからようやく口を開いた。

「塾の時間と、かぶんないといいな」

「いつも午前二本、午後二本なんだ。順番がわかったら連絡するね」

「塾だったら、そこだけさぼって見に行くよ。苑子はどんな役なの？」

「二〇代のかっこいいモテモテの男の人」

「男？」

美樹は驚いて苑子を見た。苑子はその反応を予想してたように笑った。

「だってうちの演劇部、ほとんど女の子だもん」

「そういえば、言ってたね。でもそれでも男の役って」

「可愛いヒロインとかが似合う？」

「うん」

美樹は何も考えずに素直にそう頷《うなず》いた。冗談のつもりだった苑子は、軽く拳《こぶし》を作って美樹の肩をつんと突いた。

「でも一年生は三人男の子が入ったんだよ。おかげで駅前のカラオケパークでも練習できるようになったの」

「カラオケパーク？」

「また新しいボックスができたんだよ。駅の反対側に」

かつては年配の人の楽しみだったカラオケだが、ここ数年はカラオケボックスが全国にものすごい勢いでできたおかげで、あっという間に高校生や大学生の遊び場として定着していた。

「そこで一年生の男の子がバイトしてるの。なんか店長と親が知り合いとかで、混んでなければ練習用に部屋を貸してくれるんだ。ほら、防音ばっちりだし」

「なるほどね」

美樹はそう答えながらも、自分自身があまりカラオケに行ったことがないことから、その様子を想像して妙な嫉妬《しっと》をした。他の友人たちより通学時間が長く、塾通いもしているし、母親が時間や小遣いに関して厳しいほうなので、塾のない日に家での夕飯に間に合う時間くらいしか、友人たちや苑子ともつきあえなかったからだ。

「部活楽しそうだなあ」

美樹は必死にその嫉妬を堪《こら》えて言った。

「楽しいよ。だって演劇部に入りたくて高校入ったようなものだもん」

苑子は曇りのない笑顔で言った。美樹はなんだか自分が小さい男のように思えて少し落ち込んだ。

「なんか苑子、かっこいい」

美樹が思わず思ったことを口にすると、苑子は小首を傾げて美樹を見つめた。そして言葉の意味がわかると、口を突き出すような仕草をした。

「急に褒めないでください」

そして苑子は「そろそろ、ね」と立ち上がって、パンパンとスカートを伸ばすように叩《たた》いた。美樹は苑子を少し見上げるようになって、そのシルエットに思わず性器が反応しそうになるのを、また必死に堪えた。

公園で二人で座っていられたのはほんの一五分ほどだったが、同じ駅から電車に乗り、三〇分一緒に揺られる。美樹は他の女の子とはなかなかうまくできなかったが、苑子とだけは他愛のない会話を楽しむことができた。それはもちろん、長年のつきあいのおかげだ。ところがいざ恋人同士のような雰囲気になると、途端に体が固まってしまうし、ろくな言葉も出てこない。

さっきまで、去年の震災で神戸の叔父《おじ》が九死に一生を得たとか、国道沿いにできた最新のアミューズメント施設は面白いけどあり得ないくらい高いとか、この数日食中毒のニュースで騒がれているカイワレ大根ってもともと食べたことがないよねとか、電車がどんどん進むのに負けないようにといった感じで、二人は次から次へと途切れずに話をしていた。

「近いうちに東京にお買物行くのつきあってくれない?」

しかし苑子が、そう誘ってきた瞬間、美樹は嬉《うれ》しさと反比例するように一気に口数が減っていった。美樹は外の景色に目をやった。学校がある駅を出て、ちょうど中間地点くらいにある比較的大きな駅を出ると、最寄駅までの間は一気に景色が閑散としてくる。畑やただの更地が広がる先に、ときどきぽつんぽつんと何のものかはわからないが、工場が点在している。東京まで特急なら一時間で着くとは到底思えない。

「今度塾がない日っていつ？」

苑子は美樹が緊張してきていることなど気づかない様子で聞いた。

「来週までは週三のままだけど、八月は夏期講習があったり、お盆のときは休みだったり。今度まとめとくよ」

一緒にいることは苦ではないどころか嬉しいが、それがデートだと意識すると途端にあがってしまう。美樹は妙に早口になりながら言った。そしてそれを悟られないように、すかさず苑子に聞き返した。

「どこか行きたいところあるの？」

「これっていうのはないけど、渋谷かな。ソニプラでお化粧のいくつか買うの以外は、行って決める」

そう言うと苑子は美樹の目を覗《のぞ》き込んだ。

「美樹は何かしたいことある？」

一瞬、ここで「苑子とエッチがしたい」と軽口を叩いたら、もしかしてトントン拍子に話が進んだりしないかと妄想したが、苑子に軽蔑《けいべつ》されるかもしれないという危惧《きぐ》以前に、そもそも冗談でもそんなことを口にする勇気はなかった。だいたい渋谷に行くこと自体が、楽しみよりも緊張のほうが大きい。

「とくに思いつかないから、苑子の買物につきあうよ」

「お、優しい彼氏だ」

苑子が芝居がかった口調で言った。美樹は笑いながらも、くすぐったい気持ちになった。

二人が住んでいるのはまだ市ではなく町で人口も三万数千人しかいない。最寄駅で降りるのも一〇人ほどだった。閑散としているロータリーをぐるりと回ったところで、美樹と苑子は「じゃあね」と別れた。美樹は乗ってきた電車の進行方向に一〇分ほど、苑子は逆に戻る方向に一五分ほど歩いたところに自宅がある。

美樹は帰宅するなり自分の部屋にこもり、あまり興味はなかったが以前なんとなく買ったファッション雑誌の、渋谷特集のページを開いた。高校生の、さらに田舎者の自分はとても入れそうもない、洋服屋や雑貨屋やカフェなどが紹介されている。しかし美樹は全体の地図の片隅に記されていたラブホテル街を見つめ、行くわけがないとわかりつつも、頭の中で渋谷駅からの道筋を想像し、それだけで興奮していた。

そしてその勢いで、さっき見た苑子の太ももを思い出し、あっという間に射精した。

＝

月曜日に終業式があったその週末、二人で東京へ行く日がやってきた。

美樹の塾と、苑子の演劇部の稽古《けいこ》でその間は時間が合わずに、顔を合わせるのも五日ぶりだった。クラスでももう何人かはPHSを持っていて、彼らはそれを「ピッチ」と呼んでいた。美樹も苑子も、「欲しいよね」とよく言い合っていたが、両方とも親がポケベルすら許してくれなかった。ピッチがあればこんな風に会えない間でも夜中に苑子と話すこともできるのかと思うと、美樹はいろんな意味で悶々《もんもん》とした。

駅に行くと、すでに苑子が券売機前のベンチで待っていた。白い襟付きのノースリーブシャツにデニムのミニスカートという格好で、美樹はシャツのボタンが付いた胸ポケットの膨らみに目を留めた。何カップかなんて美樹にはとてもわからないが、耳に入ってきた他の女子との話によれば、小さくはないはずだ。しかし、やはりそのミニスカートから伸びる足にすぐに目が行ってしまう。ついいつものような会話を始めることができずに黙っていると、苑子もボタンダウンシャツ姿の美樹を見て、「雰囲気違うね」と照れたように笑った。

先輩に聞くと、この一年でギャル風の子とヤンキー風の子の数が逆転したと言うが、それはあくまでも目立つ二割程度の生徒たちの話で、ほとんどが苑子のように普通で、派手なメイクや茶髪にはしないけどルーズソックスくらいならはく、というタイプだった。さすがにニュースを賑《にぎ》わせている渋谷の「すごい」格好の子は、美樹の学校に限らず地元で見かけることもない。

なんとなく会話が弾まないままホームで五分ほど待っていると、急行列車が滑り込んできた。一時間に二本の割合で、上野まで一時間四〇分かかる。一時間に一本、上野まで一時間で着く特急列車もあるのだが、そちらは片道で四〇〇〇円近くかかってしまう。急行の片道二〇〇〇円の切符代だけでも捻出《ねんしゅつ》したり親に頼むのも大変なのに、倍近い列車を高校生が使うことはほぼない。

渋谷には一一時ちょうどくらいに着く予定だった。

「どこ行きたいか決めた？」

始発駅から四駅目なので、土曜日の朝はまだ乗客が少ない。美樹と苑子は四人掛けのボックス席に向かい合わせに座った。座る瞬間の苑子のスカートの裾《すそ》からは、美樹はわざと目をそむけておいた。

「たくさんあるから、覚悟してね」

苑子はそう言うと、白い革のショルダーバッグからファッション雑誌の付録だという渋谷のガイドブックを取り出した。美樹はそれを受け取ると、ぱらぱらとめくった。

美樹が予習がてら読んでおいた男向けの雑誌といちばん違うのは、雑貨屋の紹介が多いことで、苑子はそういった店にピンクのマーカーで丸印をつけていた。

「楽しそうなところが多いね」

美樹はそう言うと、ガイドブックを苑子に返した。実際には雑貨屋自体にそうは思っていないが、どこであれ、苑子と渋谷を二人で歩くことが楽しみでしょうがないことは嘘ではない。

「うん。そういえば美樹と東京行くの、初めてよね」

「子供のころもなかったっけ?」

「ないよ。私、男の子と渋谷行くの初めて」

「俺だって苑子以外の女と二人でどっか行ったことすらないよ」

美樹は言い返した後で、少し赤くなった。その美樹の変化に、苑子もまた赤くなった。

「嬉しいです」

苑子は丁寧語でそう言うと、開き直るように美樹の顔をまっすぐ見た。美樹はいっぱいいっぱいで、何も言い返せなかった。

三〇分弱で六駅先の、二人の学校の最寄駅に着いた。さすがに二人の地元駅と違って乗降客が多い。

「苑子先輩？」

男の声が聞こえた。誰が話しかけているのかを知る前に、美樹は瞬時に、自分の恋人を下の名前で呼ぶこと自体に軽い嫉妬《しっと》を覚えた。

「仁藤《にとう》くん」

苑子がぱっと明るい声になって言った。目を向けるとそこには、苑子が仁藤と呼んだ男と、その腕を摑《つか》むように寄り添っている女の子の姿があった。美樹は一瞬で、ちゃんと恋人がいる男かと軽く安堵《あんど》していた。

しかしその仁藤という男は、日に焼けたポロシャツの胸元にシルバーのネックレスをしているような男で、一年生だろうが美樹よりも背も高く、冷静に見ても顔つきもかっこよかった。隣の彼女は、胸や腰のラインがはっきりわかる、目が痛くなるようなオレンジ色のノースリーブ、真っ白なミニスカートに厚底サンダルという、流行《はや》りの格好で、要は美樹たちよりも垢抜《あかぬ》けていたし、どこか自信に満ちているようだった。

「はじめまして。演劇部で森脇先輩の後輩で、仁藤です。こっちは俺の彼女のナミエです」

「ああ、どうも……」

挨拶《あいさつ》まで圧倒的に仁藤のほうがしっかりしていて、美樹は一気に落ち込み、後の言葉が続かなかった。

仁藤が「そこいいですか?」という仕草をして、苑子が「もちろん」という顔で頷《うなず》いた。美樹は嫌な気持ちになりつつ、それを苑子に悟られないよう堪《こら》えながら、奥へ詰めた。

仁藤が苑子の隣に座っていらっとしたが、ナミエが美樹の隣に座るとき、その尻《しり》が少し美樹の腰あたりに触れ、さらに何かわからないが香水のような匂いが鼻をつき、すぐに違う緊張で硬くなった。

「ナミエちゃんっていうの? すごーい。字も同じ?」

苑子は別のことに食いついて、仁藤の彼女に聞いた。いまほとんどの女子高生は、その名前の歌手の歌をカラオケで歌い、そのファッションを真似する子が社会現象になるほどだった。

「一字違うんですよ。奈美《なみ》まで一緒なのに、次が江戸の江《え》で。惜しい」

奈美江はそう言うと、大げさにがっかりしたポーズを作ってみせた。苑子はすぐに笑い、仁藤はしょうがないなあという顔をしてみせたが、美樹はすっかりその場の雰囲気に乗り遅れていた。

「先輩、デートっすか」

仁藤はにやりと笑って苑子を見た。美樹はまたしても、仁藤の苑子に対するなれなれしさに苛立《いらだ》ちを覚えつつも、こうして自分と苑子がきちんと恋人同士だと認められることがあまりないので、その喜びは感じるという複雑な気持ちにさせられた。

「うん。渋谷」

苑子は照れた様子もなく言った。するとすかさず奈美江が「いいなあ」と口を尖《とが》らせた。

「あたしたちなんて今日、憲和《のりかず》の友達の家にゲームしに行くだけですよ」

こいつの名前は憲和というのかと思いつつ、美樹は自分で名乗ってもいなければ苑子に紹介もされていないことに気づいた。

「私たちだってそんなに会えないよ。彼は塾があるし、私は部活忙しいし」

苑子が奈美江に言った。苑子が発する「彼」という言葉を初めて聞いて、美樹は体の奥が震えるような感触を味わった。

「マジで忙しすぎないですか？」

奈美江が、仁藤に文句を言うニュアンスを込めながら、苑子に言った。苑子はその意味を理解して「ねえ」と苦笑いした。

「でもしょうがないよ。発表会も大会もすぐだし。そうだ、奈美江ちゃんも演劇部入ればいいんじゃない？」

苑子が言うと、すぐに奈美江は首を横に振った。

「なんか部活だるくて。バイトもあるし。だいたい憲和が嫌がりそう」

「俺は嫌じゃないけど、先輩たちが嫌だよ。一年が彼女連れで部活来たら」

仁藤は「そうですよね」という顔をして苑子を見た。その自然な感じが、美樹はさっきから気に入らなかったが、他の三人はまさか美樹がそんなことを考えているとは想像もしていない。

「全然。だいたいいまの練習って、仁藤くんのおかげではかどってるくらいだもん」

そこで苑子が美樹を見て言った。

「このあいだ話した、カラオケ屋さんで練習って、仁藤くんのバイト先なの」

「そうなんだ」

美樹は頷いてみせた。緊張した感じでもなく、怒った感じでもなく、ごく普通の感じでそう言えてほっとしていた。

「あれ、今週って体育館使えるの何曜日だったっけ?」

「確か明後日《あさって》じゃないですかね。俺、今日部長に電話するんで確認しときます」

苑子と仁藤が二人だけの会話を始めたので、また苛立ちを覚えたが、そこですかさず、奈美江が美樹に話しかけてきた。

「先輩って何組ですか?　っていうか、名前は?」

突然、奈美江が美樹に聞いた。

「俺？　一組だよ」

「そっか。二組の早坂《はやさか》先輩って知りません？　あたし、家がすぐ近くなんですよ」

名前を教える前に、奈美江はすかさず言った。

「ああ、話したことないかもなあ」

「まあ、あたしもほとんど話したことないですけどね」

奈美江は美樹の返事にかぶせるように言うと、おどけた顔をしてみせた。苑子と仁藤はすぐに笑い出し、美樹はワンテンポ遅れてその笑いにつきあった。

「それでごめんなさい、先輩、名前は？」

「鷺坂」

「下は？」

美樹はそこでほぼ初めて、ちゃんと奈美江を見た。ふと、苑子が少し緊張するのがわかった。苑子は、美樹が自分の名前をからかわれるのが好きじゃないことを知っている。

「えー、やだー、女の子みたーい、可愛くない？　って言わないって約束する？」

美樹は真顔のまま奈美江に言った。奈美江はきょとんとしたまま頷いた。それを確認してから美樹は言った。

「美樹」

奈美江は少しびっくりした顔をしていたが、やがて、美樹の口元が笑い出しそうになっているのに気が付いて、わざとオーバーに驚いてみせて言った。

「えー、やだー、女の子みたーい、可愛くない？」

言い終わると美樹と奈美江が同時に笑い出した。つられて、ほっとしたように苑子と仁藤も笑い出した。

仁藤と奈美江は三駅先で降りていった。ホームに降りるなり、仁藤がＰＨＳを取り出して電話を始めたので、美樹はやっと機嫌も良くなってきたのに、今度は羨《うらや》ましさからくる妬《ねた》みの気持ちがわきあがっていた。

「美樹が他の人に、あんな風に冗談言うの知らなかった」

電車が再び動き出すと、苑子が嬉《うれ》しそうに言った。

「俺はスロースターターなんだよ。なんでも遅い」

「そう？」

「って塾の先生にもいつも言われる。出だしが時間かかるし、勉強の仕方も用心深すぎるって」

美樹は言った。いつも覚えると応用も早く実力テストではそこそこの結果を出すが、覚えるまでが教えるのに苦労するよと、とくに国語の教師に笑われていた。

「そんな風に見えないけどな。でも後でちゃんとできるってことでしょ」

「まあ苑子とつきあうのも、こんなに遅くなったわけだし」

美樹は照れないように言ってみた。苑子は不意打ちのその言葉に、鼻から大きく息を吸い込むような仕草をした。

「遅いけど、ちゃんとつきあえた」

美樹はさらに言った。さっきの冗談で、ずいぶん自分に余裕ができているようだった。

「やめてください」

苑子はなんとかそれだけ言うと、膨れっ面を作った顔を両手で覆った。


上野駅のひとつ手前の日暮里駅で乗り換えて、渋谷駅まではさらに山手線をほぼ半周して三〇分ほどかかる。明らかにこれまでと違う都会の風景が広がり、ますます楽しそうな苑子と反対に、美樹はどんどん緊張してきた。子供のころからたまに東京に来ることはあるが、いまだに新宿の高層ビルなど、本当は思う存分、食い入るように眺めてみたいくらいだ。しかしそんなことをしている乗客は一人もいない。

渋谷の喧噪《けんそう》となると、もう舞い上がってしまって一人ではまっすぐ歩く自信もない。

しかし苑子は電車から降りると、待ちきれないという感じでホームから改札への階段を足早に下りていった。美樹は慌てて後を追った。

しかしそんな苑子と一緒で良かったと、ほんの三〇分ほどで美樹は思った。時間が惜しいかのように、苑子は目当ての店を次から次へとまわる。苑子が熱心に見ている化粧品や部屋の飾りやアクセサリーが、店によってどんな違いがあるかすらわからなかったが、美樹はそれについていくだけで良かったし、次第に緊張もほぐれて渋谷の街並を楽しめるようになっていった。

それにしても驚くのは、やはり同年代の女の子たちだった。茶髪にメッシュ、真っ黒な顔に派手なメイク、原色が多く肌の露出の多い服、短いスカートに高いヒール、じゃらじゃらと身につけているアクセサリー。確かに地元にもそういう子たちは増えているが、やはり、明らかに質が違う。電車で二時間とかからない距離なのに、こうも印象が違うのかと思うくらい、渋谷の子たちは華やかで、堂々としていた。

「ああいう子、美樹も好き？」

美樹の視線に気づいて、苑子が顔を覗《のぞ》き込むようにして聞いた。ちょうど三人組の女の子たちの足に見とれていたので、美樹は慌てて首を横に振った。

「うそ。ずっと見てたよ」

「そんなことないって。見てたのは、派手だなあって、うちの近所じゃ無理だろうなあって思ったからだよ」

必死に言い訳する美樹に、苑子は口を尖《とが》らせたまま笑った。

「今度、あんな格好で美樹の家に遊びに行こうかな」

「居留守使うよ」

「あ、ひどい」

苑子は美樹の二の腕をつねり、そのまま手を回した。美樹は笑いながらも、その苑子の指と手の感触に、体の反対側がコチコチになっていった。

そして遠ざかって行く三人組をもう一度見た。ここ最近、ニュースを賑《にぎ》わせてる「援交」とかいう、女子高生の売春は、ああいう子たちがしているのかなと想像したが、それは口にしなかった。苑子に偏見よと怒られるのもいやだったし、そもそもそれが犯罪であろうと、まだ童貞の自分が、同世代のセックスについて語ることが、すでに何か負けているような感じがしていた。

さらにきっと初体験の相手になる苑子とは、そういう関係になるまで、できるだけセックスに関する話はしたくなかった。

次の雑貨屋で、苑子はずっと髪留めをいくつも手に取っていた。美樹が覗き込んでみると、よくクラスの女子たちがパッチンと呼んでいるものだった。アクリルなのか、色とりどりな模様があしらわれていたが、美樹はふと、父親の釣り道具入れにあった浮きを思い出していた。

「悩んでる？」

苑子に聞くと、五〇〇円ほどの髪留めを二つ取り上げた。

「二択まで絞った」

瑪瑙《めのう》っぽいデザインのものと、茶とピンクのラインが斜めにあしらわれているものだった。美樹はラインのものを手に取り、「これ」と言うとそのままレジへと持っていった。今日の東京デートで苑子に何かプレゼントをしたいと思っていたところだったので、値段的にもちょうどよかった。驚いている苑子に、会計を済ませて髪留めを渡した。

「ありがとう」

苑子はそう言うと、さっそく鏡を見ながら、右耳の上あたりでその髪留めをつけた。女の子が髪をかきあげるのは男なら誰でも好きなように、耳が現れるだけで、美樹は照れた。

「似合う、と思う」

「ありがと」

苑子はまた小声でそう言うと、遠慮がちに美樹の腕を摑《つか》んだ。


二時近くになってようやく、何か食べようかという話になった。美樹は慌てた。デート向きな店がどれかもわからなかったし、そういう店がいくらくらいするのかも不安だった。しっかり調べておくんだったと後悔したが、苑子は「マックでいいよ。美樹は違うのがいい？」と聞いてくれた。ほっとして「俺もマックでいい」と答え、さっき歩き回っていたときに見かけたマクドナルドに戻った。

美樹はビッグマックのセット、苑子はチーズバーガーのセットを食べながら、すっかりいつもの雰囲気になっていた。

「明日《あした》も練習？」

「うん。でも学校は使えないからね。午後からカラオケパーク」

「俺は明日も塾はないんだ。迎えとか行こうか？」

「あ、彼氏っぽい」

苑子はフライドポテトを口に運びながら笑った。

「彼氏だもん」

美樹も負けじとポテトを摑みながら、もう照れずに言った。

「でも明日、そのまま夜、打ち上げするの」

「打ち上げ？」

「という名の宴会？」

苑子は嬉しそうに笑った。美樹は今日初めて、素直に「え？」と不満そうな顔をしてみせた。

「そこに迎えに来る？　私はかまわないよ」

苑子は美樹のポテトを一本引き抜いて言った。

「遠慮しとくよ」

美樹は苑子のポテトを二本引き抜いた。苑子は頬を膨らませて、美樹は笑った。

その後もひたすら苑子のウィンドウショッピングにつきあい、さらに原宿まで歩いて同じように目についた店を見て回った。美樹は早めの夕食に、学校の近くにもあって慣れているからイタリアン・トマトに誘ってみたが、苑子は「ラーメンにしない？」と言った。そしてガイドブックに載っていたというラーメン屋に行くために、また渋谷に戻った。美樹は苑子が本当にラーメン屋に行きたかったのか、気を使ってくれたのか、自分同様お金を気にしていたのかわからないまま、しかしほっとしてラーメンをすすった。

帰りは始発の上野駅から、七時少し前の急行に乗った。またボックス席が空いていたので、二人で向かい合って座り、電車が動き出すと、苑子は「戦利品」をチェックし始めた。キャミソールやリップクリームやキャンドルくらいならわかるが、クリームやスプレーの類《たぐ》いは、美樹には何に使うものかわからなかった。

苑子が嬉《うれ》しそうに買ったものを見ている間、美樹はまず、今日も初体験を逃したことに激しく落ち込んでいた。絶対に今日決めてやると強く思っていたわけでもない。

渋谷のホテルのことをしっかり調べておいたわけでもない。しかしそういうのはなんとなく成り行きで決まるものかと思っていて、財布には折り畳んだ一万円札を入れてあった。しかし結局、切り出す勇気もきっかけもないままだった。

せめてキスはできないかなと、上野駅を出たときからずっと思っていた。通路を挟んだボックス席には、中年の夫婦が座っていた。彼らがいなかったらここでできたかもしれないと思いながら、その瞬間を想像すると怖くて震えそうで、いてくれて良かったとも思っていた。

電車が東京都から離れるころ、苑子はあくびをかみ殺すのに失敗して、目にいっぱい涙を浮かべた。その顔で美樹と目が合ってしまい、笑い出した。

「少し寝てく?」

「ごめん、昨日、楽しみであんまり寝れなかったんだよね」

「遠慮しないで少し寝なよ」

「でもそのまま寝ちゃうともったいないもん」

「じゃあ途中で起こすよ」

「ほんと?　じゃあ甘えていい?」

美樹が笑って頷《うなず》くと、苑子は二〇分ほど後で着く駅で起こしてと、目を閉じた。そしてすぐにすーっと眠りに落ちていった。美樹はその可愛らしい寝顔に見とれて、次にやはり、ミニスカートの裾《すそ》から伸びる太ももと、その合わさった部分を遠慮なく凝視した。

そのうちに、美樹も睡魔に襲われていたようだった。気づくと肩を叩《たた》かれた。目を開けると、苑子がおかしそうに笑っていた。苑子を起こすどころか、自分が眠ってしまったらしい。美樹は外へ目をやった。すっかり暗くなった窓の向こうには、ときどきぽつんぽつんと家の灯《あか》りや自動車のライトが見えるくらいだった。

「もうすぐ着くよ」

「うそ。そんなに寝ちゃった？」

「すごく気持ち良さそうに寝てた」

美樹は大きなあくびをしつつ伸びをして、「正直に言うけど」と苑子に言った。

「俺も昨日、全然眠れなかった」

苑子は美樹の言葉ににっこり微笑んだ。

結局美樹は少し寝ぼけたまま、キスどころか手に触れることもなく別れて家に戻り、一日で目に焼き付けた苑子の姿を思い出して、自慰をして眠った。

三

翌日、朝の電話で誘われて、美樹は学校や塾がある駅のひとつ手前で降り、友人の田島の家に遊びに行った。田島は一昨年《おととし》の暮れに発売された新しいゲーム機をいち早く手に入れていて、友人たちはそれでしかできないゲームをやるために集まることが多かった。

田島は、格闘ゲームを誰かと対戦したかったらしく、家に着くなり美樹はコントローラーを渡され、ほとんど口もきかずに延々とやり続けた。

「みきちゃん、苑子ちゃんとは、どう」

二時間近く経ってようやくコントローラーから手を離すと、すっかりぬるくなって炭酸も抜けたカルピスソーダを飲みながら、田島は美樹に聞いた。

「どう、って」

美樹は何を聞かれているのかわかりつつも、カルピスソーダを口元に運んで表情を読み取られないようとぼけた。

「まだって感じか」

「だから何がまだなんだよ」

美樹は恥ずかしさを紛らわせるようにコントローラーをまた手に持ち、格闘ゲームのキャラクター選択画面を意味もなくスクロールしていった。

「彼女がいるだけ羨《うらや》ましいよ」

美樹の反応でだいたいのことを理解した田島は、からかうニュアンスでなく本気で言った。美樹は道着を着た日本人のキャラクターを選択した。それを見て、田島はスタイル抜群の金髪女を選んだ。「ファイト！」と掛け声がかかり、部屋に二人の押すボタンの音が響いた。

「おまえ、俺より全然女子受けいいじゃん」

美樹は友人の気遣いを、そんな言葉で返した。

「ブスが三人寄ってくるより、可愛い幼なじみが一人いるほうがいい」

田島が真剣な声でそう言うので美樹は思わず笑ってしまい、その瞬間、金髪女の蹴《け》りが見事に決まった。


夕方早めに田島の家を出た。最近の夏はどうなってるんだろうと思う。肌を突き刺すような陽射しを浴びると、Tシャツよりも長袖《ながそで》を着ておいたほうがいいんじゃないかという気になる。

そのまま帰ってシャワーを浴びたかったが、なんとなく苑子のことが気になって、美樹はもう一駅先まで電車に乗って、学校や塾の最寄駅まで行ってみた。

いつもとは反対側の出口の、ちょっとした歓楽街のほうへ歩いていく。苑子が言っていたカラオケパークというカラオケボックスは歩いて三分くらいのところにあった。

昨日の苑子の、「迎えにくる?」という言葉を思い出しながら、三階立てのビルの二階と三階に入っているカラオケパークを見上げてみた。打ち上げというからには、きっと一〇人以上の部員が集まっているはずだ。

美樹は想像してみた。そこへ入っていく。すぐに歓声でもあがって、「苑子の彼?」「初めて見た〜!」「かっこいい!」などと声があがればまだいいだろうが、実際にはきっと、「誰?」な雰囲気になるだろう。苑子がそこで、「私の彼です」と紹介したとしても、「そいつが何で来たんだ」と思われるのがオチだ。

そりゃそうだよなと、なんだかここまで来たことが急にばかばかしくなって、美樹はまた、駅のほうへ戻った。門限というわけではないが、いつも七時半過ぎには夕飯になるので、連絡なくそれに遅れると母親が不機嫌になり、タイミングが悪ければ父親に怒鳴られる。しかし今日はそれに間に合う電車までに、まだ一時間以上ある。そのまま帰ればいいのだが、なんだか寄り道が失敗したような妙な気分になって、美樹は改札の前を通り過ぎ、また塾や学校のほうに出た。

ミスタードーナツにでも寄るか、本屋で立ち読みでもするか、ＣＤショップで試聴でもするか、いろいろ考えたが、なんとなく学校のほうへ歩いてみることにした。部活帰りの誰かと会ったりしないかなと少し期待したが、一向に誰ともすれ違わない。そのときになってようやく、苑子が今日は学校が使えないからカラオケパークで練習すると言っていたことを思い出した。

気づいてすぐに引き返そうかと思ったが、もう目の前に、「鳩公園」があった。美樹はとりあえずそこまで行ってから帰るかと、信号で止まった。

青信号になったのと、すぐ右側に止まったクルマが軽くクラクションを鳴らしたのは同時だった。見るとそこには白のソアラが止まっていた。美樹は一瞬身構えた。ヤンキーに因縁をつけられるかと思ったからだ。こわごわと運転席のほうを見ると、そこにはサングラスをした女がいた。ガンを飛ばしたとでも勘違いされたのだろうかと思ったが、すぐにその顔に見覚えがあり、かつにこにこと笑っているのがわかった。

サングラスを外すと、それは志保先生だった。先生は手招きした。美樹はその志保先生にはとても似合わないソアラと、まったくイメージになかったサングラス姿に驚きながら近づいた。先生は助手席側のパワーウィンドウをあけると、身を乗り出すように声をかけた。

「鷺坂くん、学校？」

「いえ、そうじゃないんですが……先生は？」

「ちょっと用事があったの。夏休みだからクルマで来ちゃった」

そう言うと、志保先生は可愛らしく肩をすくめるような仕草をした。先生は紺と白のボーダーのＴシャツに、キャメル色のサブリナパンツにサンダルというラフな格好だったが、いつも学校ではポロシャツにナイロンジャージ姿だったからそれだけでも新鮮で、美樹は急にドキドキしてきた。

「どこか行くの？　駅だったら落としてあげるよ」

先生のその言葉に、美樹は公園で暇つぶしをしようと思っていたことなど当然なかったことにして、こくこくと頷いた。

「あ、その前に」

美樹がドアに手をかけようとしたときに先生が言った。

「まわり注意して。学校の人、誰もいない？」

美樹は慌ててあたりを見渡して、それらしき人がいないのを確認すると、「大丈夫です」という顔を先生に向けた。

「じゃあ、急いで乗って」

志保先生はいたずらをしているような口調で言うと、助手席に置いていたトートバッグを後部座席に動かした。美樹は先生と二人きりの空間ができたような気がして、嬉《うれ》しくなってソアラに乗り込んだ。エアコンがきいていて、自分がどれだけ炎天下にいたのかを実感した。そこでちょうど信号が変わり、先生はクルマを出した。運転には慣れている感じだった。

美樹の父親のレガシィは、シートカバーやクッション、日よけや芳香剤やドリンクホルダー、さらにマップルだティッシュだお守りだとごちゃごちゃしているが、先生のソアラの中はダッシュボードにもシートまわりにもいっさいカーアクセサリーの類《たぐ》いがなかった。しかしオーディオやスピーカーだけはやたらごつく凝ったものが配されていた。

「一応、生徒乗せたりしたら怒られるからね」

志保先生は前を向いたまま、どこか楽しそうに言った。美樹は「はい」と頷《うなず》きながら、横目で志保先生を見た。運転用サングラスをしているだけでも雰囲気がちがうのに、Tシャツの胸の膨らみも、袖から伸びる白く柔らかそうな二の腕も、いつも学校で会っている先生のものとは違う、大人の女性のものに思えた。

そしてやはり足に目が行ってしまう。スカートでなかったのは残念だが、薄手のパンツにぴったりと包まれた太ももをちらりと見ただけで、めまいがしそうになる。

歩いて一〇分以上で夏場は誰もが「地獄道」と呼ぶ通学路だが、やはりクルマではあっという間に着いてしまう。「今日は塾?」「職員会議だったんですか」と二言三言会話しているうちに、すぐに駅が見えてきて、先生はロータリーを回ってクルマを止めた。

「ありがとうございます」

「内緒よ」

志保先生は笑顔で言った。美樹は「はい」と神妙に頷いてみせたが、内心では先生と二人の時間ができて、みんなが知らない姿を見られて、さらに二人の秘密ができて嬉しくてしょうがなかった。

頭を下げる美樹に、先生は軽くクラクションを一度鳴らしてくれた。

苑子に会えるわけでもないのに意味もなく来てみて本当に良かったと、美樹はニヤニヤしそうになるのを堪《こら》えながら、帰るための電車に乗った。


その日はきっと遅いんだろうと思って、翌日になって美樹は苑子に電話をした。だいたいの場合は母親が出る。昔からよく知っているからこそ、最近はその瞬間が恥ずかしくてしょうがない。

「鷺坂です」

「ああ、美樹ちゃん」

苑子の母親は小学生のころとまったく同じトーンでそう呼ぶ。

「夏休みもずっと塾なんですって？　えらいわね。どこ受験するのかもう決めてるの？」

口調はのんびりしているが、口を挟む隙がない。一分ほど世間話につきあわされて、「ええ」「そうです」といった相づちを打った後で、母親はようやく聞きたいことに答えた。

「苑子、まだなのよ。昨日もすごく遅くてね」

打ち上げはそんなに盛り上がっていたのかと、美樹は少しすねそうになった。

「美樹ちゃん、発表会があるって知ってる？」

「聞いてます。お盆明けくらいですよね」

「発表会まで、だいたい遅くなるって。夕飯とかどうするのって聞いたら……」

「いま大詰めだって言ってましたよ」

話が長くなりそうだったので、美樹は遮って言った。実際には苑子からそういう言葉で聞いたわけではない。

「やっぱり大変なのね」

美樹の言葉に、苑子の母親は少し安心したように言った。少しは苑子に対する小言が減ったとしたら、今度それをここぞというタイミングで苑子に自分のおかげだよと教えてやろうと思った。

苑子の母親は「帰ったら電話させるね」と言ったが、その夜は電話がなかった。

その夜だけでなく、次の日も、その次の日も苑子からの電話はなかった。毎日遅くまで練習していて、時間的に電話を遠慮しているのか。苑子の母親が電話したことをちゃんと伝えてくれていないのか。勉強をしていてもその理由を考えてしまい、悶々《もんもん》として集中できなかった。もし苑子が、忙しいしどうせお互いに会えるわけでもないし、急いで電話しなくてもいいやと思っているとしたらと、余計な想像をしては落ち込んだりもした。

こちらからまた電話するのも、なんだかがっついているような感じで気が進まなかったし、苑子の母親と話す羽目になって、「まだ美樹ちゃんに電話してないの？」と聞き返されるのも恥ずかしい。

電話がかかってきたのは、八月になった翌日だった。母親が「苑子ちゃんから電話よ」と声をかけてきたとき、美樹は二階の部屋で思わずガッツポーズしてしまった。ダッシュで電話に飛びつきたいのを我慢して階段を下り、受話器を耳にあてた。

「もしもし」

「美樹？　勉強忙しい？」

「いや、全然」

美樹は少し戸惑った。想像していた第一声は、「電話できなくてごめん、毎日遅くって」という明るいトーンの謝りの言葉だったからだ。

「苑子は忙しそうだね」

「そうなの。発表会も近いし」

「お母さんが、夜も遅いって言ってたよ」

「うん、メインキャストの一人が日中アルバイトしてて、もう一人はお家の仕事手伝わなくちゃいけないの。だからどうしても夜にならないとみんな揃わないの。それで練習のスタートが遅くなってて」

苑子は言った。電話がなかったのはそういうわけかとほっとしたが、美樹は同時にどこか違和感を感じていた。そこに「だから美樹と遊べなくてごめん」という一言を付け足す雰囲気がまるでなかったからかもしれない。

「発表会まで、どっかで会えるかな」

「美樹の予定は？」

「塾の時間はいつもどおり。お盆の一週間は休みだけど、何日かはおふくろの田舎に行くと思う」

「塾って終わるの六時ごろでしょ。こっちの練習が四時とか五時からなの。ちょうど合わないね」

「土日は？」

「今週からは土日も練習になっちゃうの」

美樹の違和感はますます大きくなっていった。時間が合わないのはしょうがないが、苑子の言葉からは、それでもどこかで合うタイミングを見つけようという気がまったく感じられなかった。ものすごく寂しい気持ちになったが、きっとそれだけ練習もきついんだろうなと、我慢しようと思った。

「大変そうだね。苑子、体は大丈夫？」

「うん、大丈夫。ありがとう」

「発表会まではちょっと難しそうって感じだね」

「ごめんね。でも練習ない日とか予定わかったら電話するから」

「わかった。待ってる」

「じゃあね。おやすみ」

「おやすみ」

美樹が電話を切ると、母親と中学生の妹がニヤニヤしながらこちらを見ていた。何も言われてないが、「うるさい」と言い残して、部屋に戻った。久しぶりに苑子と話したのに、なぜか気分が晴れない。いやな感触が体を包んでいた。

そしてその美樹の悪い予感どおり、それから苑子から電話がかかってくることはなかった。それどころか、発表会の誘いすら来なかった。

二度、苑子の家には電話をした。一度目は母親が出て、やはり苑子は不在だった。二度目は母親が出た瞬間に、電話を切った。三度目をかける勇気はなかった。

塾の前に学校まで行って、演劇部の部室あたりをうろうろしたこともあったし、塾の後でカラオケパークまで行き、家の夕飯時間に間に合うギリギリまで少し離れたところから入口を見ていたこともある。しかし苑子には会えなかった。もし見かけたとしても、これだけ連絡をしてこないということは、美樹に対して何か会いたくない理由があるはずで、そこで話しかける勇気はなかったかもしれない。

その日はお盆の週が明けて最初の月曜日、塾の夏期講習が再開された日だった。

塾を出るとそこに、蛍光緑のノースリーブにデニムミニの女の子が立っていた。前に東京に行くときに電車で会った、苑子の後輩の彼女の奈美江だった。そして奈美江が自分を待っていたことがわかったとき、美樹は、どうやら何かとてつもなく面倒なことが起きていることを察した。

「美樹先輩」

奈美江は思い詰めた顔をしていた。美樹は何を言われるのだろうかという不安に襲われながらも、その呼ばれ方にくすぐったさを感じてもいた。

「どうした」

「ちょっとつきあってもらえます?」

奈美江は無表情でそう言ったが、そこには何かに対する怒りと、そして断れない強さがあった。

「いいけど、なんだよ」

さっそく歩き出す背中に、美樹はそう声をかけたが奈美江は何も答えず、駅のほうへ足早に進んでいった。そして何も言わないままミスタードーナツに入ると、一人でコーラを頼んだ。しょうがなく、美樹もジンジャーエールを頼み、すでにカウンター席に着いている奈美江の横に座った。

「あのさ」

「とにかく六時までつきあってください」

気まずさから美樹が声をかけると、奈美江は窓ガラス越しの外を見つめたまま遮るように言った。それ以上聞かないでというニュアンスもあったが、美樹は逆に、いま何か大変なことを聞かされなくても済むと妙にほっとしていた。

他の話などできるような雰囲気ではなかった。美樹は六時まで三〇分以上あったので塾の国語のテキストを開いた。明日の授業のページでは、六〇年代の日本の小説が取り上げられていたが、まったく頭に入ってこなくて最初の三行を理解するのに二〇分かかってしまった。

ベルの音がした。奈美江はアクセサリーを山ほどつけた金色のバッグの中からPH

Sを取り出した。そして「もしもし。うん、わかった。ありがとう」とそれだけ話すと電話を切った。

「一〇分くらいで行くから」

奈美江はバッグにPHSをしまいながら、美樹に言った。

「どこに？」

「美樹先輩」

奈美江は一度目を伏せてから顔を上げ、美樹の目をまっすぐに見て言った。

「お願いだからついてきて」

答えになっていなかったが、有無を言わせぬ響きがあった。

しかし美樹はこの時点で、なんとなくどこへ行くのかはわかっていた。そして一〇分後、その予感はやはり当たっていた。奈美江は駅を抜けると反対側の出口に出て、カラオケパークへとまっすぐ向かっていった。

奈美江はビルの前で一度立ち止まると、二階を見上げた。

「ついてきて」

そう言うとビルに入って階段を上り始めた。美樹はほとんど下着が見えそうなスカートの裾《すそ》と太ももを目の前にしながら、ついていった。

受付に行くと、大学生のアルバイトらしき店員が、「いらっしゃいませ」と言いかけて、奈美江の顔を見ると一瞬で表情が変わった。

「知ってるから」

奈美江は店員に言った。

「いちばん奥？　何号室？」

「いや……」

「全部あけてまわるよ」

棒立ちの店員に奈美江はそう凄《すご》んだ。

「一二」

「奥ね。いまインターフォン鳴らしたら殺すから」

奈美江はカウンターに乗り出すようにしてそう言った。店員は大きくひとつ溜息《ためいき》をついて、諦《あきら》めたように頷《うなず》いた。

そのやりとりを見ているうちに、これからきっと目にすることを、美樹は頭のどこかでわかっていた。しかしその目にするものは美樹が経験したことがないものであることもわかっていた。

足が震えてきた。奈美江が「行こう」という感じで先を歩いていくのを、なんとか追いかけた。左右に個室があり、順番に右側が一号室からの奇数の部屋、左側が二号室からの偶数の部屋が続いている。六号室で通路は左に曲がる。その先もしばらく部屋が続き、奥は行き止まりになっていた。

一〇号室まで来たところで、奈美江は立ち止まった。ふらふらとついていっていた美樹は、その背中にぶつかってしまった。

「美樹先輩」

奈美江が前を見たまま言った。その声は震えていて、どころか少し泣いているようでもあった。

「お願いがあるの。あたし、無理。先輩がこの部屋開けてください」

言っている意味がわからなかった。いや、頭のどこかではよくわかっていた。美樹は、いまここで悩んだり躊躇《ちゅうちょ》したり奈美江に何かを聞いたりする場合ではないことを察していた。

「ああ」

そう言ったつもりだったが、声になっていなかったかもしれない。

美樹は奈美江の前に出て、一二号室のドアの前に立った。ドアの中央部分はガラスになっているが、中の電気がついていないせいでよく見えない。かろうじて目の前に横向きのモニターがあるので、入って右側に部屋が広がっている作りになっていることはわかった。

ドアを開けた。カラオケの音楽は鳴っていない。やはり照明は落とされている。しかし開いたドアから、廊下のライトが差し込み部屋の中が照らされた。

美樹は中に入って右側を見た。

人は驚くと思考も感情もストップしてしまうらしい。

美樹は動くこともできず、何も考えることもできず、何の感情も起きることなくその光景を見つめた。

見つめられているほうも、まったく動かなかった。

正面には仁藤がこちらを見て座っていた。ただし、チノパンと青のトランクスを膝《ひざ》まで下げ、勃起《ぼっき》した性器を出し、腰をつきだすようにしている。その左側には、渋谷で買っていたキャミソールにチェックのミニスカートという姿の苑子。そして苑子は、覆いかぶさるようにして、右手を添えて仁藤の性器をくわえていた。右耳の上には、髪がかからないように、渋谷で美樹がプレゼントした髪留めをしている。

誰もが動かなかった。

やがて、苑子は仁藤の性器を右手で握ったまま、ゆっくりと口を離していった。粘り気のある涎《よだれ》が一筋、苑子の下唇と仁藤の亀頭を繋《つな》ぐようにつたった。

最初に我に返ったのは奈美江のようだった。美樹の後ろで、厚底サンダルの派手な音が走り去っていった。その音のおかげで美樹の体中の緊張も少し解け、一歩後ずさりできた。

体を動かすことができたおかげで、最初に戻ってきた感情は、怒りではなく恐怖だった。そして恐怖は体中に信号を送った。

美樹も、奈美江のようにその場から全速力で逃げ出した。

四

途中から駆け足を早足に変えて、美樹は駅に向かった。とにかくこの場から逃げ出したい、自分を呼び止め謝罪する苑子の声を期待しつつ、その状況に居合わせたくない気持ちが上回り、しかしこうして駅に着くまで苑子が追いかけてこなかったことに今度は猛烈に腹立たしさを感じと、いくつもの感情がぐるぐると渦巻いていて、立ち止まることもできなかった。

駅には奈美江がいた。真っ青な顔で、美樹を見つけるとふらふらと近寄ってきた。美樹は奈美江に事の次第を聞き出すどころか、顔を合わせる余裕もなくその横を通り過ぎてまっすぐ改札へ向かった。

背後で奈美江がいくつかの言葉をかけてきた。あの女が悪い、なんで知らなかったのと、苑子と美樹を責めるような言葉のあとで、「私が教えたって、憲和に言わないで」と泣き出した。この期に及んで何を言い出しているんだと、初めて奈美江の言葉に頭の片隅が反応したが、二人の様子を怪訝《けげん》そうに見ていた駅員に定期を見せてそのまま改札を抜けた。

美樹は電車の座席に座ってから、自分の足や腕がぶるぶると勝手に震えていることを知った。しかもそれを止めることができなかった。まわりに気づかれる前に立ち上がって、ゆっくり隣の車両に向かって歩き出した。歩いていると震えは止まってくれた。

家に帰ると、母親にちょっと具合が悪いから夕飯はいらないと言って部屋にこもった。ベッドに横になる。手足の震えは止まったが、そのとき初めて、自分の意思と関係なく痛いほど勃起していたことを知った。電車の中で何人かの乗客が美樹を見つめていたが、それは震えではなく勃起のせいかもしれないと思った。

トランクスの中に手を入れて、自分の性器に触れてみた。するとその瞬間、驚くほど大量に射精した。

そこからずっと勃起が止まらず、射精をして少し眠り、うなされて起きるとまた射精をしてを三回繰り返し、汗をびっしょりかいてようやくまともな気分に近づいて起きると、いつのまにか深夜三時になっていた。

水を飲みにそっと階下に下りて、電話の脇のメモ帳を見たが、苑子から電話はかかってきていないようだった。

美樹は頭の片隅で、こういうときは「あれは夢だったのか」と思うものじゃないのかと、そんなことを考えていた。しかしあまりにもリアルなあのときの光景は、いまでもくっきりと隅々まで思い出せた。

仁藤の性器を頬張るようにくわえている苑子の鼻が、少し不格好に広がっていたこと。所在なげに右手を苑子の背中にのせ、半目に口を半開きで快感に浸っていた仁藤の間抜けな顔。ふだん自分が裏側を見ることがほとんどないからだが、同じ男のものには見えなかった、仁藤の性器の生々しく気持ち悪い裏筋と血管。ショーツまでは見えなかったがだらしなく少し開いていた、苑子のスカートから伸びる太ももの隙間。口の中の唾液《だえき》を吸い上げるような、一度も聞いたことがない苑子の口の音。そして二人の間に圧倒的に漂っていた、性欲の匂いとそれにのめりこんでしまった者たちの卑《ひ》猥《わい》さ。

それはよく知っている苑子ではなかった。もしかしたらもともとそういう女だったのかもしれない。しかしそれは性体験はおろかキスすらできなかった美樹にはわかるはずもない。

塾から帰ると毎日のように二度も三度も自慰をしていた。しかも思い浮かべているのは苑子が仁藤の性器をくわえている顔だった。本当はきっと悔しかったり怒りが込み上げてきたりしていたはずだが、勃起がそれを上回っていた。情けなかったが、情けないと思う間もなく勃起していた。

そして苑子からの電話はかかってこないままだった。

三日後、発表会があったはずの木曜日に、塾を出るとそこにこのあいだのように奈美江が待っていた。相変わらずの派手な格好に、他の生徒たちが横目でチラチラと見ていたが、いつものような化粧をしておらず、かつ明らかに疲れたような顔つきで、元がどうだったかは知らないが、土気色の顔をしていた。

「つきあってもらえる?」

「またか」

奈美江の言葉に、美樹は思わず溜息をついた。自分を連れて、仁藤と苑子の現場にまた乗り込み、今度は話し合いでもしようとしているのかと思った。美樹にはそんな気はなかった。三日間、ずっと自慰をし続けながら、ひとつの結論を出していた。

あんな汚れた女とはもう会わない。

それは素直な気持ちだったが、どこかでそう思わないとやってられないんだろうなとも、自分で冷静に考えていた。そもそも、すでにセックスをしている仁藤と苑子に、何を言っても負け惜しみにしか聞こえないだろうなともわかっていた。

「違う。美樹先輩と二人で話したい」

奈美江は美樹が勘違いしていることに気づいて言った。美樹は迷ったが、「わかったよ」と頷《うなず》くと、二人でまたミスタードーナツに入った。

今回はカウンター席ではなくテーブルに向かい合って座った。奈美江が「私が出すよ」と美樹のジンジャーエール代も払ってしまったので、美樹は一口大サイズドーナツの六個セットを買った。

「美樹先輩はどうするの」

奈美江はチョコレートのかかったものをひとつつまんでから言った。

「どう、って」

「苑子先輩と」

「どうもこうもないだろ。もう電話もないし」

「見られたのにあの二人、まだ続けてるんだよ？　毎日やりまくってんだよ？」

美樹には二言目のほうが堪《こた》えた。振られたとか取られたとかということに対する怒りより、やはり苑子がセックスばっかりしているという事実のほうが重たかった。

「あいつは何て」

美樹は声が震えそうになるのを必死に堪えて聞いた。

「あたしと別れるって。苑子先輩とつきあうって。でもそんなの絶対に許さない」

奈美江は目に涙がうっすらと滲《にじ》んでいたが、それをこぼすことなく言い切った。悔しさや悲しさよりも、奈美江の場合は怒りのほうが上回っているようだった。美樹は、普通はそうなんだろう、恋人の裏切りを知ったときの第一の感情はそれなんだろうと、他人事《ひとごと》のように思っていた。

「そもそも美樹先輩、知らなかったの？」

奈美江が少し呆《あき》れたように言った。その言葉には少し美樹も恥ずかしくならざるを得なかった。最後に苑子に会ったのは渋谷に行った先月末の土曜日で、それから三週間会えずに、次の再会があの現場だった。電話がほとんどかかってこなかったあたりで、何か嫌われるようなことをしたかという不安はあった。同時に幼なじみならではの、そのくらいの連絡のなさも余裕で受け止めていたところもあった。

しかしその間、苑子は「やりまくって」いた。

「いつからか、知ってる？」

美樹は声も勇気も振り絞って聞いた。するとやはり奈美江は呆れたような顔になって言った。

「先月の日曜。演劇部の打ち上げって、先輩聞いてない？」

聞いていた。渋谷に行った翌日だ。しかもその日、カラオケパークにまで足を運んでいる。そのとき、あの中でそういうことになっていたのか。美樹は苛立《いらだ》たしさと、何も気づかない自分の情けなさを同時に感じた。ふと白いソアラを思い出す。志保先生に駅まで送ってもらって喜んでいる場合などではなかった。

「後で憲和と一緒に演劇部入った奴に口割らせたんだけど」

奈美江は言った。

「途中から飲み始めて、苑子先輩が潰《つぶ》れたからだって」

美樹は軽くめまいを覚えた。苑子のいちばん知らない姿はもうとっくに見たし聞かされた。しかしまだまだ知らないことがある。苑子が酒を飲むことも、そして酔って潰れることも、どんな姿なのかまったく想像できなかった。

「初めてらしいよ」

「え？」

奈美江の言葉の意味がわからず、思わず目を見て聞き返した。

「お酒」

奈美江は教えたくもなかったことを教えるような口調で言った。美樹が妙なところに反応していることに気づいたようだった。

「何かのカクテルちょっと飲んで急に倒れたんだって。それで先輩たちでどうしようか相談して、とりあえず苑子先輩は使ってない部屋で憲和が様子見るってことになって、やっちゃったのよきっと」

最後のほうはわざと無感情を装って奈美江は言った。美樹はまだ、酒に酔った苑子が信じられなかったが、なるべく冷静にその場のことを考えてみた。きっと先輩や同級生が、苑子の家への連絡をどうするかなどの相談をして、しばらく介抱をしていたのだろう。そして大事には至らなそうで、少し寝れば大丈夫だろうというところで、仁藤が後の面倒を見ることになり、そして……。

「無理矢理だったんじゃないか」

美樹は頭に浮かんだことをそのまま口にした。

「そんなことするかって」

しかし奈美江は、すぐにそれを打ち消す仁藤の言葉を告げた。

「わたしもそうかなと思った。酔った先輩レイプしたんじゃないよねって。でも逆だって」

「逆?」

「起きた苑子先輩のほうが、憲和のこと誘ったって。急にキスされて、やってってって言われたって」

奈美江はどこか美樹を非難するような口ぶりで言った。しかしそんな言い方をされるまでもなく、その報告だけで充分立ち直れそうにないくらいのショックであることには間違いなかった。

はにかんだときの癖の、ふと目を伏せて丁寧語になるときの姿。デニムのミニスカートから伸びる太もも。茶とピンクのラインが入った髪留めと、それによって現れた可愛らしい耳。自分に会ったときの、はしゃいだ笑顔。

苑子は自分の恋人ではなかったのか。自分のことが好きなのではなかったのか。キスやセックスは、自分とするものではなかったのか。

それとももう他の誰かと経験済みだったのだろうか。誰とでもやるような女だったのだろうか。仁藤もそのうちの一人にすぎないのだろうか。そのうち、平然と自分ともやるつもりだったのだろうか。

自分より仁藤のほうが好きになっていたという、いちばん正しそうな答えより、苑子がそんな不埒《ふらち》な女だったほうがマシなような気までしてきた。

「なんとかして」

奈美江が俯《うつむ》いたまま言った。

「わたし、憲和と別れない。苑子先輩のことは、美樹先輩がちゃんとなんとかしてよ」

声が少し震えていた。しかし美樹は、きっとなんともすることはできないことがわかっていた。そしてそんな自分が、とても恥ずかしかった。一刻も早くこの場から立ち去り、もう奈美江とは、もっと言えば苑子と仁藤とも、いっさい関わりのない世界に行ってしまいたかった。

ドラマや漫画ではこんなときには、相手の男を殴るとか、その恋人を取るとか、そういう復讐《ふくしゅう》をしている。しかしこのときの美樹は、ただただ自分が消えてしまいたいとしか思わなかった。

ときとして当人には悲劇だが、他人からは喜劇に見えてしまう皮肉なことが起きる。

もう今後はこの件について話すことも、当人たちに会うこともなく終わらせよう、忘れよう、ズタズタにされたプライドも一人でなんとかしてみようと、泣きそうになるのを必死に堪《こら》えて、美樹が帰るために電車に乗ると、そこに苑子が乗ってきた。

ドアが閉まる直前に急いで乗ってきた苑子は、何気なく車内を見渡した。座席に座っていた美樹はホームの階段を駆け下りてきたところから苑子を見つけていて、その瞬間から体中が強ばってしまって、表情を変えることも顔を伏せることもできなかった。そんな美樹の姿を見つけた苑子は、明らかに動揺したようで、美樹と目が合うとほんの少しの間だがそのまま見つめてしまった。そしてふと我に返ったようになると、隣の車両へと小走りで去っていった。慌てていたのか、反対側ではなく美樹の目の前を通り過ぎていった。

チェックのミニスカートがふわりと揺れ、白い太ももが手の届く距離にあった。その瞬間が美樹の目に焼き付いた。あのカラオケ屋のときと同じスカートだった。

違和感に気づくと、一瞬で勃起《ぼっき》していたことを知った。急いでバッグをその上に置き、美樹はぎゅっと目をつぶり、あらゆる気持ちや考えを全部振り払いながら三〇分間、電車に揺られた。それはある程度成功したが、ふと気を許すと、カラオケ屋で見たあの光景と、たったいま目の前を通り過ぎた太ももの二つのイメージが、目の前に浮かんできてしまい、そのたびに性器は硬くなった。

地元の駅に到着する前に、美樹は迷った。先に降りて足早に去るべきか、ゆっくりと降りて苑子が先に行くのを待つか。しかしそれを悩む必要はなかった。

「美樹」

その声にふと目を開けて見上げると、目の前に苑子が立っていた。スカートの上は、やはりカラオケ屋で見たときと同じ、渋谷で買っていた赤紫色のキャミソールで、その上に薄手の薄茶色のカーディガンを羽織っていた。胸元に、いままでに気づかなかった膨らみといやらしさを感じた。顔は青ざめていたが、どうしようもなく大人っぽく見えた。それがセックスを覚えたからそうなのか、セックスを覚えた苑子に畏怖《いふ》に似た感情を自分が持っているからそう見えるのかは、美樹にはわからなかった。

「話せる？」

苑子は言った。美樹は黙って頷《うなず》くしかなかった。

もしこんな風に出会ってしまったら、きっと苑子は泣きながら許しを請うんだろうなと、どこかで思い込んでいたのかもしれない。しかし予想と違う展開と、一か月と経たない間にすっかり自分の知らない部分ばかりになってしまった女の美しさに、抵抗する力など美樹にはなかった。

先に電車を降り、階段を上り改札を出る。そこで美樹は全部振り返ることなく、横顔を見せた状態で初めて声を発した。

「どうする」

「二人で話せるところで」

苑子も横顔を向けて言った。そして今度は苑子が先に歩いて行った。二人の家とは反対側の出口へ向かった。美樹は感情を押し殺し、これから起こることに対する恐怖に耐えながら、苑子のスカートの裾《すそ》の揺れを見つめてついていった。

苑子が向かったのはカラオケボックスだった。「二人で話せるから」と言ったが、美樹はまずそのデリカシーのなさに怒鳴りそうになっていた。自分がこういう場で他の男と何をしていたか、それについて「恋人」がどう思うかを考えないのだろうかと憤り、そして次の瞬間には、そんな自分が惨めだった。

ジンジャーエールを二つ頼んで、店員が運んでくるまで、直角に座ったままで美樹も苑子も一言も発しなかった。曲を入れずに黙り込んでいる高校生のカップルを見ても、店員は顔色ひとつ変えずにドリンクを置いていった。

「ずっと話さなくちゃって思ってた」

独り言のように苑子が言った。ずっと聞きたくないと思っていたのに、という言葉を美樹は飲み込んだ。

「どうしたらいいのかなって」

「どうもこうも」

美樹はジンジャーエールを一口飲んでから、意を決して苑子を見た。

「ずっとあいつとやってるんだろ」

美樹の言葉に、苑子は驚いたような顔を向けた。

「それで何の話がある。最悪でもやった最初の日に謝るならまだわかるけど、何十回もやりまくっといて、ばったり会ったから話さなくちゃって、なんだよそれ」

一度喋《しゃべ》り出すと、自分でもびっくりしたことにスラスラと言葉が出てきた。

「ひどいよ……」

「どっちがだよ。ふざけんなよ」

苑子のすがるような目にも負けることなく、美樹はその顔を睨《にら》みつけた。

「美樹は、どう思ってるの」

いまにも泣き出しそうな声で苑子が言った。

「どう思う？　何をどう思えばいいの？　あなたとつきあってたけど、他の男とセックスしました、毎日やってます、それをどう思ってるかを聞きたい、ってこと？　なんだ馬鹿にしてんのか」

自分の中にこんなに攻撃的な怒りの感情があることを初めて知った。苑子の目に一気に涙が溢《あふ》れ出してくるのを見ても、それは収まるどころか、逆により泣かせたい気持ちにすらなっていた。

「そんな言い方しなくても……」

「ああ悪かったな。どうせ笑ってんだろ。年下の男とやりまくりながら、俺とつきあってて時間の無駄だったとでも言ってんだろ」

「だってしょうがないじゃない！」

苑子はそう叫ぶと、バッグからオレンジ色のハンドタオルを取り出して顔を覆った。しょうがない？　目の前で女の子が泣くという事態よりも、その馬鹿さ加減に呆《あき》れるほうが大きかった。

「一応聞くけど」

苑子の目線が見えないと、ますます美樹の攻撃的な気持ちは強くなったが、ふと気になったことだけは聞いておこうと思った。

「無理矢理やられたんじゃないよな？　デジタルカメラで写真撮られたとか、それで脅されたとか」

デジタルカメラは高級品で誰も持っていなかったが、クラスでもそれがあれば女のあそこを撮っても現像に出さなくていいといった冗談話はよく出ていた。

苑子は鼻をすすりながら頷いた。美樹は大きく一度息を吐いてから、いちばん言いたくないが、いちばん言わずにはいられない言葉を口にした。

「そりゃそうだよな。苑子から誘ったんだから」

ゆっくり時間をかけて、苑子の嗚咽《おえつ》が止まっていった。そしてハンドタオルをはずすと、赤くなった目を美樹に向けた。

「なんで……」

「苑子がやってって頼んだんだろ。セックスしてって」

苑子の唇が震えていた。美樹はその唇を美しいと思っていた。背中と腰の間あたりに、ゾクゾクとする感触が走った。

「なんだ、あいつのことずっと好きだったのか。じゃあなんで俺とつきあうなんて言ったんだよ」

「違う。私、本当にずっと美樹が好きだったもん」

苑子の目からポロリと涙がこぼれ落ちた。一瞬、美樹はそんな苑子を許したらどうなるだろうと思ったが、しょせん目の前にいるのは、他の男、しかも後輩の性器を毎日しゃぶって、入れて、やりまくってる汚い女だった。

「じゃあそれでよく平気で裏切れるな。嘘つけよ。あいつが元々好きだったんだろう？　俺が告白しなかったら会ってすぐつきあって、すぐやったんだろうが」

「好きだったからしたのか、したから好きになったのか、もうわからない」

苑子はそう言うと、またハンドタオルで顔を覆って泣き出した。その言葉に、美樹は想像以上にショックを受けていた。結局苑子はセックスをしていて、自分はまだ童貞というだけで、その言葉に文句をつける資格がないような気がした。

そのとき、ベルのような音が鳴った。時間を知らせるコールにしては早すぎるし、音も小さかった。五度鳴ってから、美樹はようやくそれが何かわかった。苑子のバッグの中で鳴っているＰＨＳの呼び出し音だった。

「買ったんだ」

「うん」

苑子は電話に出ることなく頷いた。よく母親が許してくれたなと、美樹はそんなどうでもいいことを考えていた。

「そいつだろ。出ろよ」

「いい」

苑子は首を横に振った。やがて鳴き止んだ蟬のように、音が止まった。

「そいつのためにピッチまで買うとはね」

美樹が吐き捨てるように言った。すると苑子は涙をこぼしながら美樹を見て言った。

「だって彼のことも好きになっちゃったんだもん。すごく気持ち良かったんだもん」

訴えるような口調だったが、効果は正反対だった。美樹は完全に打ちのめされた。

何かを喋っていないと、その場に本当に倒れてしまいそうだった。

「どうやって誘ったんだ。口で言ったのか。自分から抱きついたのか」

なぜか美樹はそんなことを聞いていた。

その日のカラオケパークの部屋を想像してみる。

シートに仰向《あおむ》けになって寝ている苑子。酔いからさめて目を開けると、ライトを落とした暗い部屋で、様子を見ていた仁藤が近づく。大丈夫ですか。うん。水でも飲みますか。顔を覗《のぞ》き込んだ仁藤を見つめる。

「自分から抱きついた」

苑子が感情を込めずに言った。

仁藤の首に腕を回し、自分のほうへ引き寄せる苑子。驚いて苑子の顔を間近で見つめる仁藤。

「自分からキスしたのか」

「同時だった」

苑子はハンドタオルで口元を押さえて、上目遣いで美樹を見ていた。奈美江から聞いた話とは微妙に違う。美樹は大きく息を吸い込んでから言った。

「どうやってしたか、全部言え」

苑子は美樹の言うとおり、どんな風に仁藤とセックスをしたかを、聞かれたままに語り出した。

二〇分後、美樹は「ここ払っておいて」と言い捨てて部屋を出た。どうしようもなく勃起《ぼっき》してしまって、トイレに駆け込むと、一度しごいただけで便器に大量の精液が飛び散った。


家に帰った後で、遅くなったことを母親に怒られながら、今回は夕飯をきちんと食べることができた。明日は塾の夏期講習の最終日で、土日を挟んで月曜日には模擬テストがある。今日はとりあえず明日の予習を二時間ほどかけてやっておけば、後は土日でなんとかなりそうだった。

美樹は勉強を始める前に自慰をした。先ほどの苑子の話とその姿を思い浮かべただけで、さっきあれだけ出したのに、あっという間に、しかもまだドクドクと精液がたっぷりと出た。きっと一時間後と、勉強後にもう一度しないと収まらないだろうと、なぜか冷静に考えていた。そして夜でも熱い空気が流れ込んでくるのは覚悟して、匂いがこもらないように窓を開けた。

𝍸

月曜日の模擬テストは、いつもの塾ではなく、県庁所在地の街にある大学の教室を使って行われた。親には最後だし夜は誰かと遊んで帰ると伝えておいたが、実際にはそんな予定はなかった。田島とゲームセンターとCDショップめぐりでもするかと考えたが、なんとなく一人で行動してみたかった。

しかし午後になってテストが終わって外に出てみると、とくにやりたいこともなければ、あっという間にポロシャツに汗が染みだしてくる暑さに辟易《へきえき》とした。

駅の近くの映画館のスケジュールを見ると、先月から公開されているトム・クルーズのアクション映画がまだ公開中で、三〇分後に次の上映だったので、少し多めにお金を持ってきたことにほっとしつつ、チケットを買って中に入った。

映画が終わって外に出ても、まだ五時をまわったばかりで、相変わらず太陽は容赦なく照りつけていた。

美樹は次の「時間つぶし」を考えた。地元や高校のある街よりも、さすがに少し大きな都市なので、渋谷ほどでないにしろ、派手な格好で歩いている女の子たちがたくさんいた。バランスの悪そうなヒールに極端に短いスカートで、いまにも下着が見えそうだったが、その上のキャミソールからはすでにブラジャーが見えている女の子も少なくない。

暗くも消極的でもないが、クラスの数人の男たちのように平然とナンパできるほど、社交的でもないし勇気もない。ふと、苑子のことや、毎日何度も自慰することが止まらなくなってしまったこの状況は、誰か違う女の子と仲良くなればそれだけで収まるのではないかと思った。そして、いつもこんな風に冷静に考えることはできるが、体はいっさい言うことを聞かないことを思い知ってもいた。

結局、駅ビルの中にある本屋に行って、雑誌を片っ端から立ち読みした。そして二冊ほど読んだことがある作家の文庫本を手に取った。有名な作家だが、官能的な描写に興奮したことを覚えている。文庫の裏面の解説を丹念に読んで、その中でもとりわけそれっぽい、日本人女性がヨーロッパを舞台に背徳的なセックスにのめり込む、というストーリーの作品を選んだ。

本屋を出ると、ようやく夕暮れ時だった。もうやることもないし、帰って家で食事をしても良かったが、遊んでくると言った手前、それも格好悪かった。

美樹はロイヤルホストに向かった。食事もできるし、本を読んで時間をつぶすこともできる。二人掛けのテーブル席に案内されて、ハンバーグとドリンクバーを頼んだ。ハンバーグとライスはあっというまにたいらげ、ジンジャーエールをおかわりしながら、買った本を開いた。

一時間経っても、ちっともページは進まなかった。

頬に何かの感触があって、手をやってみると、美樹は気づかないうちに泣いていた。感極まってではなく、流れ落ちているような感じだった。慌てて顔を伏せ、紙ナプキンで拭《ぬぐ》った。苑子を思って感傷的になっていたわけではない。泣きそうだという予感もなかった。しかし泣いてしまったおかげで、頭の中は苑子のことでいっぱいになってしまった。しかも、あのときカラオケパークで見た、仁藤の性器をくわえていた苑子の姿ばかりが浮かんでしまって、必死に渋谷のデートのことや、一緒に登校していることを思い出して打ち消そうとしても無理だった。

ゆっくり時間をかけて涙を押しとどめ、あと一杯だけ飲んだら帰ろうと、グラスを持ってドリンクバーに向かった。

「鷺坂くん？」

先にアイスティーを注いでいた女性は、振り返ると驚いたように言った。

「え……」

一瞬、それが志保先生だということがわからなかった。クリーム色の光沢があるチューブトップに、深紫色のサマーブルゾンを羽織っていて、細身のジーンズにパンプスという格好だった。美樹はその胸の膨らみに目を奪われた。すごく大きいわけではないが、その丸いシルエットは学校では気づきもしなかった。

「またすごい偶然だね」

驚いた後の笑顔も学校では見ない、大人っぽい女性のものだった。学校の近くで助手席に乗せてもらったときともまた違う印象で、子供っぽいと言われている志保先生だってちゃんと二五歳で、やっぱり女子高生なんかと違っていくつもの顔があるんだと思った。

「模試だったんです。すいません」

美樹は驚きと照れもあって、言い訳めいたようにそう言った。

「別にお酒飲んでるわけじゃないでしょ。謝らなくていいの」

志保先生はそう言うと、「どうぞ」とドリンクサーバーのほうへ美樹を促した。背が低い先生は、隣にくると美樹の口元くらいだった。そしていつもと大きく違うのは、無造作なポニーテールではなく、肩より少し長い髪を下ろしていることだった。

「先生、家、このへんなんですか」

美樹はジンジャーエールを飲んでいたコップに、なぜか焦ってアイスティーを注ぎながら聞いた。

「ううん。美大のときの友達と美術館に来てたの」

「ああ、あのでっかい塔がある？」

「そうそう」

六年ほど前に美術館とコンサートホールと劇場、さらに一〇〇メートルあるという大きな塔もある複合施設ができて、県内では話題になっていた。美樹は美術にほぼ興味がなく、志保先生の授業の成績も可もなく不可もなくという感じだったので、もちろん行ったことはない。

「鷺坂くん、一人？　まだいる？」

「一人です。そろそろ帰ろうかなって」

アイスティーを注ぎ終えて、ガムシロップを取りながら言った。

「じゃあ、あと二～三〇分だと思うんだけど、待ってられる？　また送ってあげるよ」

「いいんですか？」

「友達、家がここのすぐ近くなの。どうせ先生も帰り一人だし、鷺坂くんの家って、たぶん通り道だから。じゃあ、後でね」

志保先生はそう言うと、顔のわきで小さく手を振って戻っていった。年上の女性とは思えないくらい、可愛らしかった。ただしそれは、学校の女生徒たちが言う幼さの意味の可愛さとは違っていた。

アイスティーを持って自分も席に戻ると、さっきまでの苑子のことで涙を流した感触と、これから志保先生とまた学校以外で二人になれる喜びに震える感じの、両方が入り交じった変な気分を味わい、美樹はすっかり本を諦《あきら》めてバッグにしまった。

志保先生は言ったとおりにちょうど二〇分後、レジで女友達と勘定をすませると、彼女を出口まで見送って、美樹の席のほうへやってきた。

「ごめんね。お待たせ」

「いや、ありがとうございます。先生、どこなんですか？」

美樹が聞くと、先生はここと美樹の住む街の間の駅の名前を言った。

「知らなかった。けっこう近いじゃないですか。でもうちのほうが遠いですよ」

「クルマならすぐでしょ。ドライブがてらだから気にしないで」

ロイヤルホストの駐車場に止まっているソアラは、やはり志保先生には似つかわしくなかった。しかし前に見たとおり、先生は手慣れた感じでエンジンをかけるとエアコン、FMラジオのスイッチを押し、シートベルトをつけた。その瞬間、チューブトップの胸元をきゅっと持ち上げるように直し、その仕草だけで美樹は真っ赤になりそうだった。

狭い駐車スペースからもスムーズにクルマを出し、車道に出た。ラジオからはアメリカのヒットチャートが流れていて、歌手名はわからないが聞いたことがある曲がかかっていた。

横目で盗み見る志保先生の顔は、やはり学校で「しほしほ」と呼ばれている人とは思えなかった。胸は思った以上に大きい。生足が見られないのは残念だったが、アクセルを踏むときのジーンズのむっちりとした内股《うちまた》には、やはり目がいってしまう。

「鷺坂くん、さっき泣いてなかった？」

市街地を抜けて、大きな国道に出たところで、志保先生は前を見たまま言った。からかうような口調でも、探るような口調でもなかった。美樹はビクッとなって、すぐに返事ができなかった。

「なんだかそんな感じがしたから。気を悪くしたらごめんね」

「いえ……」

次の曲になった。曲名はわからないがマライア・キャリーだということはわかった。先生に気づかれたことは恥ずかしかったが、逃げ出したくなったり、必死に弁解したくなるほどではなかった。先生、俺、振られちゃったんですよ。そんな言葉を頭の中で言ってみた。すると、なんだか先生に全部聞いてもらいたいような気持ちになってきた。

「勉強、じゃないよね。彼女？」

志保先生は相変わらずまっすぐ前を見たまま言った。賑《にぎ》わっていた街をそろそろ抜け、よくある地方都市の国道の風景に切り替わりつつあった。

「先生」

実はそうなんですよ、と言うはずだった。しかし美樹はそう呼びかけた瞬間にびっくりした。さっきと同じように、また自分でも気づかないうちにボロボロと涙がこぼれていた。自分の感情と体を繋《つな》ぐ回路がどうかしてしまったんじゃないかと、美樹は慌てて涙を拭った。

「話して」

志保先生は、美樹の涙に驚く様子もなく、冷静に言った。「どうしたの？」「大丈夫？」の一言もないことに美樹のほうが驚いたが、その先生の言葉は有無を言わさぬ何かがあった。

「俺の彼女、森脇苑子、知ってますよね。今月になってくらいから、全然連絡こなくなったんです。そうしたら一年の、仁藤憲和ってわかりますか」

「演劇部に入った子」

「それです。そいつに、苑子を、取られました」

不思議なことに涙はまだ流れていたが、しゃくりあげたりすることなく、普通に喋《しゃべ》ることができた。そして先生にこうやって喋ることに、なぜか何の違和感もなかった。

「どうしてわかったの」

「仁藤の彼女が教えにきました。いや、苑子と仁藤がやってるところに、連れていかれました」

「それを見たの？」

「はい」

美樹はそこで一瞬躊躇《ちゅうちょ》した。ここまででも充分「しほしほ」にも、学校の先生にもするような話ではない。しかし先生の問いかけはまるで何かの魔法のようだった。直接的な言葉を言っても大丈夫だろうと思った。

「フェラチオしてました」

先生は何も答えなかった。気づくと最近どこでも流れているエリック・クラプトンのヒット曲が流れていた。

「その後、一度だけ会いました。苑子のほうから誘ったらしいです」

「全部聞いたの？」

思わぬ質問だった。振られているのに、なぜか他の男とセックスしたときのことを事細かに聞き出すという馬鹿なことをした。そしてすぐに射精までしていた。そのことを見抜かれたような気がして、思わず美樹は運転する先生の横顔を見つめた。先生はそれ以上何も言わなかった。

「全部聞きました」

美樹は諦めて正直に言った。

「どうやってしたかを？」

「はい。言わせました」

美樹は頷《うなず》いた。するといままでほとんど何の感情も見せなかった志保先生は、そこで初めて大きく息を吸った。

「鷺坂くん、今日時間は大丈夫？」

「あ、はい。遅くなっても平気です」

「その話、先生に全部してみる気はある？」

「え」

どういう意味かわからなかった。「その」が指しているのが、苑子との別れのこと全部なのか、苑子から聞き出した仁藤との初めてのセックスのことなのかもよくわからなかった。しかし、そこを聞き返してはいけないような気がした。

「わかりました」

美樹がそう言うと、先生は前を向いたまま「そう」と呟《つぶや》いた。

「もうすぐそこだから、私の家に寄って」

志保先生はそう言うと、ソアラを信号で止めることなく滑らかに右折させた。美樹の地元まで二駅のところだった。美樹は返事すらできなかった。

七階建てのマンションの駐車場にソアラを止めると、志保先生はようやく美樹のほうを見た。その顔はやはり「しほしほ」ではなかった。

「ご自宅は大丈夫？」

カシオの腕時計を見ると、まだ八時前だった。

「大丈夫です。今日は遅くなるって言ってます」

ふだんは夕飯前に帰るのが決まりだったが、外食のときの門限はとくに決まっていない。それでもきっと一〇時をまわると小言がくるだろうが、すぐにそう返事した。

志保先生は頷くと、クルマを降り、エントランスのほうへ向かった。美樹はその後ろ姿を見ながら、いったい先生は自分に何をさせようとしているのか、それは美樹の想像を超えていてまったくわからなかった。

エレベーターの中で、間近に先生と二人っきりでいることにも緊張していた。これまで知らなかった先生の色っぽい顔つきや胸元に、興奮よりもなぜか怯《おび》えのほうが大きく感じられた。

先生の部屋は七階にあった。「どうぞ」と通されて驚いた。女性の一人暮らしの部屋など入ったこともないが、確実に普通よりも広かった。一〇畳くらいのリビングダイニングがあって、ドアが閉まっていたが、他に二つ部屋があるようだった。子供がいる家族でも住めなくはない。

部屋はすっきりしていて、ソファやローテーブルやその下のラグマットも黒と白とグレイで統一されている。女性っぽい明るい色のものはあまり見当たらない。そのかわりに、壁の書棚には海外の画集や写真集のようなものが、洒落《しゃれ》た本屋のように並べてあった。

美術の先生はさすがにお洒落なんだなと思いながらも、学校の先生がこんな部屋に住めるほど給料が高いとも思えなかった。

「コーヒーいれるから、そこ座ってて」

志保先生はそう言うと、ヤカンを火にかけて、トイレに行った。女性が同じ部屋の中で用を足していると思うと、勃起《ぼっき》しそうになって美樹は慌てて立ち上がり、必死に気を落ち着けようとした。書棚のほうへ目を向け、名前の読み方すらほとんどわからない画家や写真家の名前を目でおっていく。トイレの水を流す音がして、先生が出てきた。美樹はますます緊張して、目の前の写真集の文字に集中した。ヘンリー……。

「アンリ・カルティエ・ブレッソン」

キッチンでカップの用意を始めながら、志保先生が言った。美樹は「え？」と先生のほうを振り向いた。先生は美樹の目の前の写真集のほうへ目をやった。

「その写真家の名前。鷺坂くんは写真や絵に興味ある？」

「すいません、全然わからないです」

美樹は正直に言った。

「すごい数ですね。美術の先生ってやっぱり」

「展覧会とかあると、行けるものは行くようにしてるからね。それも去年、東京にできた写真の美術館に行ったときに買ったの」

ヤカンの火を止めて、志保先生はコーヒーをいれながら言った。

「すごいなあ。部屋もすごい」

志保先生はトレーにカップを乗せながら、ふっと笑った。

「弟と住んでるから」

「ああ、そうだったんですか」

美樹はようやく部屋の広さの意味を理解して頷いた。同時に、なぜ志保先生が似合わないソアラに乗っているのかもわかった気がした。きっとその弟がクルマ好きなのだろう。そして、じゃあ今日これから、その弟が帰ってくるのかと少し焦った。ソアラを好むくらいだから、多少怖そうな男かもしれない。

志保先生はコーヒーを運んできて、ローテーブルに置いた。

「春から留学中だから、今年は一人だけどね」

美樹の焦りには気づいていないようだったが、志保先生は言った。

ソファは二人掛けだった。志保先生はさすがに隣には座らず、ラグの上に足を崩して座り、美樹を少し見上げるような体勢になった。ブルゾンは脱いでいて、白く小さな肩が露《あらわ》になっていて、そこに緩いウェーブのかかっている髪が揺れていた。そしてチューブトップの胸元は、その膨らみの谷間がさっきよりも際立っていた。

先生は何も言わなかった。しかしその目線は、先ほどの話の続きを無言で、そしてやめることはもちろん、躊躇することすら許さない強さで促していた。

「演劇部の連中が、酔って倒れた苑子をどうするか相談したらしいです。それで仁藤が別の部屋に寝かせて……」

「聞いてないこともあるわよね」

意を決して美樹が話を始めると、志保先生は柔らかい口調だがすぐに遮った。そして美樹の返事を待たずに続けた。

「それは鷺坂くん、あなたが想像しながら話して」

「はい」

先生の言うことには、すでに断れない前提になっているようだった。美樹は素直に頷いた。上目遣いの先生の目は少し潤んできている気がした。

「酔いがさめて目が覚めたとき……」

「あなたがすぐその場で見ているように言って」

志保先生の言葉に、美樹はごくりと唾《つば》を飲み込んだ。しかし思ったより唾は少なく、吸い込んだ空気が妙な音を立てた。

「苑子が起き上がろうとしたので、仁藤はペットボトルの水を持って隣に来て、床に片膝《かたひざ》立ちになりました」

「森脇さんは、誰かが胸元のボタンを、楽にするために大きく外しているわ」

志保先生が囁《ささや》くように言った。美樹は仁藤の目線になって、目の前に白い肌とブラジャーの縁が見え、その上には半開きの苑子の口が見えた。

「ペットボトルを渡すと、苑子は半身だけ起こして、ゴクゴクと水を飲みます。喉《のど》はカラカラで、唇の端から、少し水がこぼれます。それを見ていた仁藤は、唾を飲み込みます。その音が響く。苑子はペットボトルを口から離して、仁藤を見ます。苑子の唇は濡《ぬ》れてます。仁藤は無言のままペットボトルを受け取って、苑子を見たまま後ろのテーブルに置く。大丈夫ですか。仁藤が聞くと、苑子は頷きながら、しかしゆっくりまた仰向《あおむ》けに横になっていきました。大きく深呼吸すると、胸の大きさがわかるように揺れる。そのとき、苑子の左手がゆっくり伸びてきて、仁藤の耳のあたりに触れます。そしてもう少し伸ばして頭に手を添えると、ゆっくり自分のほうへと引き寄せました。そして二人はキスしました。苑子は初めてのキスでした」

　美樹はまたほとんど出ていない唾を飲み込んだ。

「初めてでも森脇さんの口はもう開いていて、さっき飲んだ水じゃないもので口の中全部がじっとり濡れてるの。仁藤くんが唇を合わせた瞬間、それがもっと溢《あふ》れて、舌をつい出して相手の舌を探すわ。唇をぴったり合わせた中で、二人の唾液《だえき》がぐちゃぐちゃに混ざっていくの」

　気が遠くなりそうだった。志保先生の声は自分をどこかへ連れ去ってしまいそうだったが、美樹はなんとか踏ん張って、先生の期待に応《こた》えるために、話を続けた。

「唇が離れたら、仁藤は苑子の胸元に手を入れて、そのままブラジャーの中に指を入れて、乳首を探し出すと、指でつまんだり触ったりしました。苑子はビクッとしましたが、服やブラジャーが引っ張られて、少し痛そうな素振りをします。すると仁藤は苑子のブラウスのボタンを全部外して、脱がします。そしてブラジャーも取りました」

「慌ててうまくいかなくて、森脇さんが自分で外したわ」

「仁藤は苑子の乳首にしゃぶりつきます。左側も右側も。そして首や鎖骨も舐《な》めて、ときどき唇を合わせて、激しいキスをします、その間にスカートのファスナーを下ろして、足元のほうへ押しやります。苑子は下着と靴下だけになります」

「何かを期待していたかもしれないから、お気に入りのショーツ」

「仁藤もそこで急いでTシャツとチノパン、ついでにパンツも脱ぎます。早く入れたくてしょうがない。しかも苑子の気が変わらないうちにやってしまいたい。恋人がいる先輩とやるなんて、こんなに興奮することはない。苑子の下着に両手をかけて、腰を浮かせて抜き取ります。苑子のあそこが目の前にあります」

「おまんこ」

志保先生が静かに言った。美樹は血の気が引いて倒れてしまいそうだったが、言われたとおりに言い直した。

「おまんこが、前にあります。おまんこの毛が生えています」

「そのままでは中まで見えないの。仁藤くんは森脇さんの足を少し広げて、自分の彼女のおまんこと、どう違うかを考えているわ。そして指先でその襞《ひだ》をたどると、森脇さんはその手を挟むように足をぎゅっと閉じてしまう」

「それを何度か繰り返して、少し強めに苑子の足を開きます。仁藤は狭いソファの上に乗って、苑子の足の間に割って入ります。そして仁藤は自分のものを、苑子に入れます」

「ちんぽ」

「仁藤はちんぽを、苑子のまんこに入れます」

その直接的な言葉が先生から聞こえてきて、ゾクゾクしたが、素直に従った。

「森脇さんは、濡れてても痛くてうまく入らないわ。でも仁藤くんは経験があるから、今度は自分が座って、森脇さんを向かい合わせでまたがらせるの。そしてちんぽをおまんこにあてがって、森脇さんはゆっくり腰を下ろしていくの。まだすごく痛い。でもずっとしたかったセックス。しかもやってほしかった仁藤くん。我慢して、仁藤くんのちんぽを、全部自分の中に入れるの」

美樹はもう限界に近かった。あのフェラチオを目撃したせいで、仁藤の性器は想像がついた。しかし自分が語るときも、先生が語るときも、苑子の性器だけはまったくその形状が想像できなかった。モザイクは入っているがAVは何本も見たことがあるし、無修正のエロ本も持っている。しかしそこで見た性器が、どうしてもいま、苑子の股間《こかん》に合致しなかった。

そして次に、朦朧《もうろう》としながらも、仁藤はちゃんとコンドームをつけたのだろうかと、苑子は出血したのだろうかと、そんな知識でだけは知っていることを考えていた。

「最後はどうなったの」

志保先生がまた静かに言った。

「苑子はずっと仁藤にしがみついていて、ときどき仁藤はその口に舌を強引につっこむようにキスをします。仁藤がずっと腰を動かして、やがてコンドームの中に射精します。二人はゆっくりソファに横になります。苑子が仰向けで、仁藤がそれに覆いかぶさる形です。苑子は少し泣いてます。そして仁藤の首に手を回して抱きつきます。そして言いました」

美樹はそこで息を大きく吸った。目を合わせられなかったが、先生がじっと自分を見つめているのはわかった。

「『嬉《うれ》しい』」

美樹は大きく息を吐き出した。

「仁藤が『先輩、大丈夫？』と聞くと苑子は、『ずっとこうしたかった』と目を見つめて言いました。二人はまたキスをして、しばらくちんぽがまんこに入ったまま抱き合っていました」

もしかしたら仁藤と苑子は、そのまままた二回目を始めたかもしれない。

「当ててあげようか」

志保先生が言った。それは、これまでの苑子のセックスの話の補足や質問ではなかった。美樹は右を向いて、先生の目を見下ろした。

「森脇さんが仁藤くんのちんぽをしゃぶってるときも、二人が初めてセックスしたことを森脇さんに言わせてるときも、鷺坂くんはとても興奮していたんでしょう」

志保先生の声はどこか遠くから聞こえてくるような気がした。

「自分の彼女を取られたのに、ちんぽずっと勃《た》たせてたんでしょう」

もうそこにいる先生には、「しほしほ」の面影はひとつもなかった。胸元やジーンズの尻《しり》の丸みを帯びたラインから、猛烈にいやらしい匂いが漂っているような気がした。

「それでいまも、ものすごく興奮してる」

志保先生はそう言うと手を伸ばしてきた。美樹にはそれがスローモーションに見えた。その手は、綿パンが千切れそうなくらいにパンパンに勃起《ぼっき》している美樹の性器に向かっていた。美樹はその勃起に気づいていなかった。自分でも驚くくらい、形や大きさがわかるくらい股間は膨らんでいた。志保先生は伸ばした右手で、その真ん中あたりをすっと握った。

その瞬間、頭に電気が走ったような感触を覚えて、美樹はドクドクと射精しながら、ソファから崩れ落ちてしまった。射精が止まっても、体はビクビクと痙攣《けいれん》したようになっていた。

志保先生は驚きもせず、立ち上がるとラグマットの上にうずくまる美樹を見下ろした。

「お洗濯しなくちゃね」

シャワーを浴びている間に、志保先生は美樹のトランクスを手洗いし、「これだけ暑いからすぐ乾くわよ」と、ベランダに干してくれていた。

洗ってくれているときに、先生の手に自分の精液がついたはずだと思うと、猛烈に恥ずかしくなる。綿パン越しとはいえ、初めて女性に性器を触られたことの嬉しさが甘い感覚となって体中をかけめぐってもいたが、恥ずかしさが上回る。さらに恥ずかしさよりも、志保先生の想像もしなかった姿と態度が怖かった。

シャワーから出ると、Tシャツと腰にバスタオルを巻いた姿で目の前にいなくてはならないだけでも消え入りたいのに、美樹はまた勃起を止めることができなかった。

さっきまで美樹が座っていたソファに座っていた志保先生は、リビングに所在なげにつったっている美樹の姿をじっと見つめた。美樹の股間のバスタオルの隆起に、照れる素振りもなければ、笑うことも嫌がる様子もなく、無表情にじっとその箇所を見つめていた。

「元気」

そう呟《つぶや》くと志保先生は、こっちへという感じでそっと手招きした。大人の女というのはこういうものなのか、それとも先生が特別なのか、それすらわからない。美樹は催眠術にかかったかのように、志保先生の前へと進み出た。志保先生はさらに隣に座るように目線だけで伝え、美樹はすぐに従った。

「今度は鷺坂くんが見たときのことを教えて」

「カラオケの、ことですか」

股間をなんとか鎮めようとしているのに、志保先生の声は囁《ささや》くように色っぽく、かつ思い出させようとしていることは、この一週間、美樹が狂ったように自慰をするようにさせたことだった。

「どんな風だったか教えて」

志保先生は潤んだ目で美樹を見た。

「カラオケ屋の、たぶん苑子と仁藤が初めてセックスした部屋だったんだと思います」

美樹は覚悟を決めて話し始めた。もう先生の言いなりだった。

「苑子と仁藤は、ちょうどこんな感じで座ってました」

「苑子さんがこっちだったの？」

「いえ、逆です」

美樹がそう言うと先生は立ち上がった。そして美樹の前に立つと、美樹に自分が座っていたほうにずれるよう目で伝え、美樹が慌てて左にずれると今度はそこに先生が座った。

「こんな感じね」

「はい。それで仁藤は、上は着てましたが、下はズボンもパンツもずり下ろしてました」

「どんな格好だったの？」

「こんな風に」

美樹は腰を突き出し、ソファのへりに尻を乗せるような格好になった。もう勃起している膨らみは収まる気配はなかったし、その状態を見られるのにも慣れてきていた。

「そのちんぽを、苑子がそっち側からかぶさるみたいにして、くわえてました」

「手はどうしてたの?」

「右手は、仁藤のちんぽを触ってました。握ってたかもしれません。左手は、ちょっとわからないです」

「顔は見えたの? 髪がかかってて見えなかった?」

「いえ」

美樹は息を吸い込んだ。渋谷の雑貨屋で二つの髪留めのどちらを買おうか悩んでいた、可愛らしい苑子の顔と仕草を一瞬思い起こしていた。

「僕があげた髪留めを耳の上にしていたので、顔ははっきり見えました」

「仁藤くんのちんぽを舐《な》めていた? キスしていた? 頬張っていた?」

「頬張ってました」

苑子の右の頬は、仁藤の性器を押し込んだように膨れていた。

「どのくらい見てたの?」

「わかんないです。たぶん、一〇秒くらいだったんじゃないかと思います」

「それで鷺坂くん、ちんぽ勃てちゃったんだ」

美樹はおそるおそる先生の顔を見た。先生は潤んだ目でしっかり美樹の目を覗《のぞ》き込んでいた。少し体を捻《ひね》るようにしているおかげで、志保先生の左の胸が二の腕で押されていて、チューブトップの胸元には、もっといやらしい丸みができていた。

「そのときはわからなかったですけど、それからずっと、勃ってます」

美樹は先生の柔らかい体が作り出す線に引き込まれるような気持ちになって、自然とそう答えていた。

志保先生は急に立ち上がると、洗面所のほうへと歩いていった。美樹はトイレだろうかと思ったが、先生はすぐに戻ってきた。そしてソファに座ってこちらを見たとき、右耳の上に髪留めをしてきたことに気づいた。美樹は急激にドキドキした。

「仁藤くんがしてたみたいにして」

「え、だからこんな感じで……」

美樹は足を投げ出したままの格好で答えたが、志保先生はそれを遮った。

「下まで脱いでたんでしょう」

鼓動はますます早くなっていった。さっき射精をしてしまったし、その後も勃起したままだが、それでも直接性器を見られるのはさすがに恥ずかしかった。

美樹はまた大きく息を吸ってから、覚悟を決めてバスタオルを足元のほうへやった。ふだん手で少し剝《む》いている性器は、今日はその必要もないくらい亀頭がガチガチになって露出していた。

美樹の性器を見ても、先生はやはり照れも驚きもしなかった。どころか、どんどん目つきは妖《あや》しくなっていた。

次の瞬間、どこかで淡く期待していて、どこかでそうならないことも祈っていたことが起きた。

志保先生はゆっくりと美樹のほうへしなだれかかってくると、その性器のほうへ顔を下ろしていった。Tシャツ越しに先生の髪の感触が伝わり、髪の匂いなのか先生自身の匂いなのか、たまらない香りが鼻をついた。亀頭に温かい吐息がかかった。ひんやりとした指の感触が二つ、性器の根本あたりに優しく、しかししっかり伝わった。

美樹の性器が、あたたかい空間に包まれた。じゅるっという音が聞こえた。性器から尻のほうへ、電流が走ったような感じが伝わり、尻から足にかけてつりそうになってしまった。

思わず目を閉じてしまった後で、薄目をあけて、何が起きているかを確認した。自分の真下で、先生の頭と髪が上下に揺れている。そしてこれまで自慰では味わったことがない快感に、叫び出しそうになった。

じゅっじゅっという音や、ずずっとするような音がする。先生の唾液《だえき》だとはわかっていたが、自分が何か漏らしてしまっているのではないかという感覚にもなった。

美樹はその状態を見たかったが、反対側からしかそれはできなかった。あのとき仁藤は、こうやっている苑子の顔が見えていなかったのかと、そんなことに気づいた。先生に向きを変えてほしかった。その、性器をくわえたり舌を伸ばして舐めている姿を見せてほしかった。

「先生……」

美樹は振り絞るように言った。すると志保先生は、その状態のまま、くぐもった声で言った。

「彼女は、他の男にこうしていたのね」

その瞬間、目の前が真っ白になった。体中のパーツが一気に切り離されたような感じだった。ううっと大声で呻《うめ》いて、のたうちまわりたくなったが、必死にそれに耐えた。

志保先生の口の中に、大量の精液が注ぎ込まれているはずだった。自慰のときとは違う出方をしていた。どのくらいの時間で、どのくらいの量が出ているのかがわからなかった。

飛び上がってしまいそうになるのを、左半身をよじらせ、ソファに手をついて我慢し、ずいぶん長い間、そうしていた。

志保先生はずっと美樹の性器をくわえたままだった。じゅるじゅるという音と、口の中で性器のまわりを舌が動いているのがわかった。やがて、その空間の液体を全部吸い上げたのか、先生はゆっくりと頭を上げた。亀頭に沿って口をすぼめて、最後はちゅっという音をさせて離れた。

先生は口を閉じていた。その中には、自分の精液が口いっぱい広がっているのだと思うと、美樹はいままでの直接的な快感とはまた別の、ゾクゾクするような痺《しび》れが腰のあたりを襲ってきた。

先生は美樹を見つめながら、ごくりと喉《のど》を大きく鳴らして、精液と唾液を一度に飲み込んだ。

「すごかった」

志保先生が呟《つぶや》いた。

「すいません」

美樹は謝った。しかしさっきまでとは違って、いまは恥ずかしさよりも嬉《うれ》しさのほうが勝っていた。

志保先生はそのままの姿勢でじっと美樹を見つめていた。美樹は勇気を出してゆっくり顔を近づけてみた。すると先生は、左手を伸ばしてきて、美樹の頬に触れると、次に髪のほうへ手を回した。そして自分のほうへ引き寄せ、顔を少し傾けた。

口と口を合わせるというよりも、志保先生の柔らかい唇が、美樹の唇をあたたかく包むような感じだった。いったい快感の回路はいくつあるんだろうかと思うくらい、またこれも新しいゾクゾクするような気持ちよさだった。

志保先生の唇の間から、もっと柔らかいものが伸びてきて、美樹の唇に触れた。美樹も唇を開いてみた。先生の舌はするっとその間に入り込んでくる。美樹も舌を出してみると、先生はその先を絡めるように舐めた。美樹も真似してみようと思ったが、そんなに上手に動かなかった。

その行為に夢中になっていたが、ふとそこで初めて、自分の口の中の味に気が付いた。想像とまったく違う、妙な苦さがあった。そしてそれが、先生の口の味ではなく、自分の精液の味だと気づいた。途端に気持ち悪くなりそうだったが、やはり先生と舌を絡める喜びには叶《かな》わなかった。

志保先生はキスをして美樹の頭に手を添えたまま、ゆっくり仰《あお》向《む》けになっていった。美樹はその上に覆いかぶさるようになった。

そこでようやく気づいた。志保先生は、今度はさっき自分に語らせた、苑子と仁藤の最初のセックスのときと同じようにしていた。

「先生……」

唇を離すと美樹は言った。そこには、このまま自分も先生とセックスがしたいという意味を込めていた。

「したいの？」

「はい」

美樹は子供のように頷《うなず》いた。

「鷺坂くん」

志保先生はその体勢のまま言った。

「してあげるけど、先生の言うことが聞ける？」

「はい、なんでも聞きます」

初めてセックスができるなら、しかも志保先生が相手ならどんなことでも聞ける。

「じゃあまずひとつ。今日はもう遅いから帰りなさい」

「え……」

よっぽど美樹の落胆した顔がおかしかったのか、先生は家に着いてから初めて笑みを見せた。

「明日《あした》はどうしてるの？　塾？」

「いえ、明日から休みです」

「時間はある？」

「はい、何時でも大丈夫です」

志保先生は、口元でふっと笑うと、美樹の目を見つめた。

「じゃあ今日はここまでだけど、明日、朝から一日中、やらせてあげる」

キスの段階で少し硬くなりつつあった性器が、一気にビクンと大きくなった。その変化は先生の内股《うちまた》に伝わって、先生は少しだけ嬉しそうな顔をした。

「まだあるわ。言うことを聞いて」

一日中やらせてあげるという言葉をもらえただけで、もう美樹は有頂天だったので、こくこくと何度も頷いた。

「いつやるとか、どんな風にやるかは、全部先生が決める。鷺坂くんはそれにちゃんと従える？」

「はい」

先生とセックスができればなんでもいいし、しかもその先生の言い方は、明日以降にもそういう関係が続くことをほのめかしているように思えて、美樹は逆に嬉しくなった。

「後から、絶対に口答えしないこと。これは絶対よ」

「わかりました。先生の命令は何でも聞きます」

美樹はとくに深い意味もなく言った。すると先生は少しだけ目を大きく開いた。

「命令……。そうね。先生の命令は絶対。それでいい？」

「はい」

志保先生のトーンが少し変わったが、美樹はひたすら頷いた。

「じゃあ今日はここまで。駅まで五分かからないけど、行き方わかる？」

「わかります」

志保先生は体を起こし、立ち上がった。

「じゃあ急いで帰りなさい」

「はい。明日は……」

「朝ご飯をしっかり食べて、一〇時くらいならもう来てもいいわ」

志保先生はベランダから美樹のトランクスを取り込み、それを渡しながら言った。ほんの少し湿っていたが、はくのには問題ないくらい乾いていた。

「わかりました。一〇時に来ます」

美樹は後ろを向いてトランクスをはきながら答えた。硬くなった性器がひっかかった。志保先生はその様子を見つめていた。

「じゃあ鷺坂くん、最初の命令ね」

「なん……でしょう」

「今日はオナニーしちゃだめ。明日のために溜《た》めておくのよ」

口調は優しかったが、それは絶対的な命令だった。美樹は「はい」としっかり答えた。

三

中学生のときに、男の教師と女子高生が恋愛し、セックスもするというセンセーショナルなドラマが大ヒットしていた。ニュースでもたまに、生徒に手を出した教師が告発されている。美樹の学校でもときどき、あの先生はあの女生徒と何かあるんじゃないかと、まことしやかな噂が流れたりする。

でも女の先生と男の生徒という組み合わせは、ほとんど聞いたことがない。アダルトビデオになら山ほどある。しかしそれは判で押したように、淫乱《いんらん》で大人っぽい女優が、いやらしい下着をつけて、ブラウスの胸元を大きく開け、スリットの入った黒のタイトミニスカートで、男子生徒を誘惑するという漫画のような設定だ。

「しほしほ」のような、小柄で幼く、地味で真面目な先生は、その設定にどうしても似合わない。しかし、昨夜の志保先生は、そんなアダルトビデオの女優よりも、何倍もいやらしかった気がする。それは志保先生だからなのか。大人の女性はだいたい、そういうときにはああなるものなのか。美樹はまた同じことを考えてみたが、考えたところで童貞の高校生にわかるはずもなかった。

志保先生の家の最寄駅には、九時半についていた。親には塾の自習室で午前中は勉強して、午後は田島と遊んでくると言っておいた。いつもは口うるさい母親も、夏期講習も終わって学校の新学期まで間もないこともあり、笑顔で送り出してくれ、小遣いの心配までしてくれていた。

ほとんど眠れず、勃起《ぼっき》も止まらなかったが、美樹は先生の言うとおり、自慰を我慢していた。それだけでも大変だったが、先生が一夜明けて気が変わってしまって、約束のセックスをしてくれなかったらどうしようと想像してしまって、気持ちもまったく休まることがなかった。

駅と志保先生のマンションの間を意味もなくうろうろして時間をつぶして、一〇時ちょうどに部屋のドアチャイムを鳴らした。パタパタとスリッパの駆け寄ってくる音がして、ドアが開くとそこに先生がいた。美樹は一瞬、くらっとした。いつもの「しほしほ」でもなく、かといって昨夜、妖《あや》しい目で苑子のセックスを語らせ、口の中に精液を受け止めてくれた色っぽい女性でもなかった。どちらかと言うと、クルマで送ってくれたときや、ファミレスで会ったときのような、二五歳の可愛らしい普通の女性がそこにいた。

「いらっしゃい」

昨夜とは違って、学校で見るような笑顔で先生は迎えてくれた。グレイの半袖《はんそで》Vネックのカットソーに、白のショートパンツ姿だった。髪は学校にいるときのように、ゴムでまとめてポニーテールにしていた。

リビングのソファに通されると、太陽光がレースのカーテン越しに降り注いでいて、昨夜とはまるで雰囲気が違った。先生は麦茶をコップに入れると、自分が飲みかけていたコップの隣に置いて、ラグの上に座った。ジーンズのときとは違って、太ももが直に目に飛び込んでくる。背の低さから勝手に少し太めの短い足を想像していたが、先生の足はすべすべで長かった。

美樹はまずどんな話からすべきか頭の中で考えていたが、その必要はなかった。

「いろんなこと想像してたんでしょ」

少し微笑んだまま志保先生が言った。

「はい……でも……」

「でも、なに？」

「昨夜のこともなんだか夢だったんじゃないかって気がしてきて、そしたら、先生との今日のこと、だんだんどうしたらいいのかわからなくなっちゃって……なんか変な気分でした」

美樹は正直に言ってみた。先生と抱き合って折り重なるところまでは妄想してみるが、実際の胸や性器や尻《しり》を思い浮かべようとしても、どうしてもぼやけてしまい、これまで見てきたアダルトビデオも何の役にも立たなかった。

「ちゃんとオナニーは我慢した？」

「はい。我慢しました」

本当は初体験をさせてもらう直前に、一度駅のトイレで出しておこうかと考えていた。このままだと、またあっという間に射精してしまう。先生は一日中やらせてくれるとは言ったが、最初にすぐ終わってしまうのは、あまりにも悲しかった。でもきっと自慰をしていったら、先生にはすぐバレてしまいそうな気がした。そして、その約束を守らなかったことで、先生がセックスをさせてくれなくなることのほうが怖かった。

志保先生はくすっと笑うと、少しだけ淫《みだ》らな目つきになって言った。

「いちばん最初は、欲張らないでどっちかに決めてやりましょう」

「どっちか？」

美樹は聞いた。しかし「やりましょう」の言葉のほうにすでに性器が反応していた。

「鷺坂くんが、私の体を好きなように舐《な》めたり触ったりして、好きなときにちんぽをおまんこに入れるの。好きなように動いていい」

志保先生がそう言うと、一気に部屋中の空気が変わった。昨夜の、有無を言わせない、そして淫らな大人の女性がそこに急に現れた感じだった。

「それとも、私が全部、鷺坂くんにいろんなことをしてあげて、私が好きなときに、おまんこにちんぽを入れて、動かすのも私。どっちがいい？」

美樹は喉《のど》がカラカラになって、麦茶を慌てて流し込むと、先生の顔を見た。先生はやはり、照れている様子はまったくなかった。「しほしほ」からは想像もできない、恥ずかしい言葉を、躊躇《ちゅうちょ》なく口にしている。

「先生に、してもらいたいです」

じっくり考えたかったが、すぐに返事をしなくてはいけないような気がして、美樹は言った。女の体にむしゃぶりつきたい欲求に、それをどうやっていいのかわからない恐れのほうが勝ったような感じだった。

それにしてもと、思う。昨夜の行為といい、いまの条件の提示のようなことといい、いままで美樹が見聞きしたセックスとはまるで違う。知らないだけでこういうことは普通なのか、それとも志保先生だけの性癖なのか、またしても同じ疑問が頭をもたげてしまう。

「じゃあ、あっちの部屋のベッドで、服を脱いで」

先生は美樹の選択については何も言わず、画集や写真集が並んでいる書棚の手前にあるドアに目をやった。美樹はやはり催眠術にでもかかったかのように、黙って頷《うなず》き、言われたとおりに部屋のドアを開けた。

その奥は六畳の寝室だった。すでにエアコンがきいている。南側のカーテンは閉められていたが、西側の窓はレースのカーテンだけで、直接でなくても真夏の陽射しは遠慮なく部屋を照らしていた。

セミダブルのベッドは薄茶色のベッドカバーがかけてあり、壁の一面は押し入れとクローゼットになっていた。化粧台があるので女性の部屋だとわかるが、リビング同様、すっきりしていて女性らしい色使いのものはほとんどなかった。

先生はグラスを台所に片付けているようだった。美樹はカシオの腕時計を外し、半袖のボタンダウン、その下のTシャツ、靴下、綿パンの順番に脱いで、トランクスだけになった。これはどうすべきか迷ったが、脱いでおいたほうが先生に褒められるような妙な気持ちになって、全裸になると脱いだものをベッドの脇にまとめた。性器はすでに硬くなっていた。

志保先生は部屋に入ってくると、美樹のその姿に何も言わなかった。そして、化粧台の隣のキャビネットを開けて、取り出したもので何かの準備を始めた。

それはビデオカメラだった。先生は三脚の足を伸ばすとその上にカメラを取り付け、ベッドの斜め後ろのほうに設置した。そしてカメラのレンズをベッドを少し見下ろすように調整すると、録画ボタンを押した。

先生の思わぬ行動に、美樹は言葉を失っていた。「それなんですか?」の一言も言えなかった。

志保先生はビデオカメラのことにはいっさい触れず、美樹の目の前でカットソーを脱いだ。目の前にいきなり白い胸の膨らみと、薄茶色の乳輪が現れた。ブラジャーをつけているものだと思っていた美樹は、それが初めて間近で見る女性の胸だと認識するのに少し時間がかかってしまった。

アダルトビデオやエロ本での知識しかないから、先生の胸が大きいのか小さいのかがわからない。しかし柔らかそうなたるみはきっと、女子たちが言っているAカップとかBカップといった大きさではないのだろう。乳輪も乳首も、ピンク色でもなければ黒くもない。遊んでる女は黒ずんでるなどと、男子生徒同士の馬鹿話で盛り上がることがあるが、目の前の先生の色はどっちなのかもわからなかった。

美樹が胸から目が離せなくなっていると、先生はショートパンツのファスナーを下ろし、お尻を突き出すようにして足元に脱ぎ去った。先生の下着は、黒の少し光沢があって、縁取りの線の部分が白いものだった。もちろん母親や妹の洗濯物でそんなものを見たこともない。さらに母親や妹のものより、半分もないのではないかと思うくらい、小さなものだった。

先生の下腹部は少しぽっこりしていて、それだけはいつもの幼児体型を想像させるイメージに近かったが、腰や尻、ヘソのまわり、足のつけねといったあらゆる部分はとにかく艶《なまめ》かしかった。そういったひとつひとつのパーツを見ていると、小柄な先生が、自分よりも大きな人に見えてくるようだった。

「横になって」

志保先生はそう言うと、ショーツも脱ぎ去った。先生の性器はまだ見えなかったが、陰毛も目に入らなかった。しかし美樹はついに先生が全裸になって目の前にいることに、心臓が破裂しそうになっていた。

ベッドカバーの上にそのまま座っていたが、言われたとおりに仰向《あおむ》けになった。志保先生は足元からベッドの上に膝《ひざ》立ちで乗ってきた。美樹の足をまたぐようにしている。まだはっきり見えなかったが、やはり先生の股間《こかん》には毛が見えなかった。もともとないのか、すごく薄いのかはわからない。角度的にその足の間にあるはずの性器もよく見えなかった。

先生の右後ろには、ビデオカメラがこちらを見下ろすようにして、微《かす》かな回転音を立てている。

「力を抜いて」

志保先生はそう言うと、美樹の上にゆっくりと覆いかぶさってきた。先生の柔らかい胸が自分の胸に押し当てられ、痛いくらいに勃起《ぼっき》していた性器は、先生の左の内股《うちまた》あたりをこすった。

先生の熱い吐息が首筋にかかると、続いてぬるっとした感触がそこを辿《たど》った。体中に電流が走った。美樹が必死に真下を見下ろすと、先生がびっくりするほど舌を長く伸ばしているのが見えた。

次の瞬間、そのたっぷりと伸ばした舌は、また美樹の首筋を、ずずっという音を立てて舐めた。同時に先生の左手が美樹の腰から、なぞるように胸へと動いてきて、指の腹で美樹の右の乳首を揉《も》むように触った。

叫び出しそうだった。すると先生は少し体を起こし、その乳首の上に、つーっと涎《よだれ》を垂らした。美樹はびっくりしたが、ひんやりとした唾液《だえき》の感触に、思わず体をビクンと震わせた。そして志保先生は、濡《ぬ》らした乳首をまた指で弄《もてあそ》ぶように動かし、舌を伸ばして左の乳首をすーっと舐め上げた。

「あ……」

美樹は思わず女の子のような声をあげてしまった。体中がゾクゾクして、足がぎゅっと閉じてしまい、思わず手を伸ばして先生の肩をつかんだ。しかし志保先生はその美樹の手を摑《つか》むと、頭の向こうへと万歳をさせるように押しやった。脇が露《あらわ》になって恥ずかしいが、それどころではない。

志保先生はまた美樹の乳首を舐《な》め、唇をすぼめて吸い上げるようにした。美樹はまたしても声をあげてのけぞるようになってしまい、しがみつくように先生の肩をまた摑んでしまった。

志保先生はふと美樹の顔を見上げた。美樹は泣きそうな顔になって、気持ちがいいです、でもどうしても動いてしまいます、ということを目で訴えた。

すると先生は体を起こして、ベッドを下りた。美樹は慌てた。何か間違ったことをしてしまったのだろうか。先生はもうやめてしまうつもりだろうか。美樹も起き上がったが、先生はキャビネットを開けると、また何かを取り出して戻ってきた。

それは黒いロープだった。志保先生はベッドの脇から美樹の手を取ると、その右の手首をあっという間に縛った。ちゃんときつくないが外れないくらいの強さだった。

そしてそのロープをベッドのヘッドボードの木枠に通して、同じように左の手首も縛った。美樹は自分が何をされているのかもわからなかった。ただ頭の上で固定された手をもう下ろせないことだけは確かだった。

志保先生はまた美樹の体の上にまたがった。そして今度は美樹の脇を、しゃぶりつくように、唾液の音を立てながら舌をはわせた。美樹はまた女の子のような声をあげて腰を捻《ひね》った。美樹の左足が、先生の尻《しり》をしたたかに打った。しかし先生はのたうちまわる美樹を気にすることなく、その舌を脇から二の腕へと、はわせていた。そして指は乳首を強くいたぶっていた。

頭も体も同時に飛んでしまいそうになり、志保先生が自分の体を舐めたり触ったりしながら、次第に吐息とともに喘《あえ》ぐような声をあげていることに、美樹はしばらく気づかなかった。

志保先生はそれから、唇以外の美樹の顔をべろべろと舐めた。乾いた唾《つば》の匂いが鼻をついたが、不思議とその匂いはより美樹の性器を硬くした。先生の乳首の硬さがそのたびに、美樹の胸や腹を刺激した。顔、首筋、二の腕、脇、胸、乳首と先生の舌と指は絶え間なく動き続け、美樹はもうすべてを諦《あきら》め、「あ、あ、あ」と高い声で喘ぎ続け、腰や足をくねくねと動かして、どうかなってしまう感触を、快感として受け止め始めた。

「先生！」

先生の舌が腰を這《は》ったとき、そのくすぐったさと気持ちよさに美樹はさらに絶叫した。

「どんな感じなの。言って」

「すごく、気持ちいいです。だめです」

「何がだめ？」

「だめ、それ、もう……」

志保先生はそう言うと、これまでずっと放《ほ》ったらかされていた性器を握った。

「何がだめなのか、ちゃんと言って」

先生は言うたびに声がどんどん吐息混じりになっていった。

「もう、出ます。出ちゃいます」

「出させてほしい？」

本当は志保先生の性器に入れて、一刻も早くセックスを体験したかった。しかし、とてもじゃないがそこまで持ちそうにもなかった。

「お願いします」

美樹は振り絞るように言った。すると志保先生は表情を変えないまま、美樹の右の乳首をしゃぶり出した。そして美樹の右足にまたがるようにした。太ももに何か柔らかくあたたかい感触が伝わった。これが先生のおまんこだろうかと思ったとき、先生は美樹の性器を右手でぎゅっと摑んで上下にしごいた。

限界はとっくに超えていた。美樹は噴き出すように射精した。高く飛び上がった精液は、美樹のヘソから首もとにまで飛び散った。

先生はしごく手を止めなかった。美樹は声にならない叫びをあげた。全部出し切ったのに、まだ何かが出そうな初めての感触に体がバラバラになりそうだった。

「もう、だめ……」

美樹はそれだけ呟《つぶや》くと、体からすっと力が抜けた。頭はまだかろうじて動いていたが、体のほうは停止してしまったような感じだった。手を縛られたまま見下ろすと、先生はようやく性器から手を離していた。先生の髪にも精液はかかっていた。

　志保先生は、美樹の体中に散った精液を、首のほうから順番に吸い出した。じゅるじゅるという卑猥《ひわい》な音が、急にしんとした部屋に響いた。舌ですくうようにし、粘り気のある白い液体を先生はどんどん口の中へと運んでいく。吸い込むたびに先生は「ああ……」とせつない声を漏らした。

　志保先生は腰から下腹部まで舐め上げていくと、美樹のほうを見ながら、右手についた精液を、指を一本一本くわえて吸い取っていった。

　美樹はぼんやりとしたまま、その姿を見つめていた。もう驚きも恐怖も超えていた。そして一度止まっていた体が、また徐々に神経が行き届き始めているような感じを味わっていた。一度空にされた体の中に、再び性欲だけを注入されているような感じだった。

　体中が汗と精液と先生の唾液まみれになった。志保先生は最後に、まだ精液がこぼれる亀頭の先に唇を当て、尿道の中から吸い出すようにすすった。卑猥な液体の音が美樹の耳にこだまし、それが体の再起動をより促していた。

　志保先生はぐにゃりとした美樹の性器を口いっぱいに頬張ると、その中で舌をぐるぐるとし、精液の最後の一滴までを舐めとるように動かした。そして、それからしばらく、一度も口を離すことなくその動きを続けていた。

美樹が体全体の感覚を取り戻したとき、先生の口の中の性器が、また硬く勃起していることに気づいた。先生は大きくなった性器から口を離し、長い舌を伸ばして口元からこぼれる涎を気にする様子もなく舐め始めた。

「先生」

美樹はそんな先生に訴えるように言った。先生はそれには答えず、「ああ……」と淫《みだ》らな吐息を漏らしながら、性器をあらゆる角度から舐め上げていった。

「先生、お願いがあります」

美樹は言い直した。きちんと懇願をしなければいけないと、すぐに気づいた。

「入れさせてください。お願いします」

「ちゃんと言って」

志保先生は性器から舌を離さず、美樹のほうを見もせずに言った。美樹はふと、ゆるく縛ってあるのに手首に食い込んでいるロープの痛みに気づきながら、鼻で大きく息を吸ってから言った。

「志保先生のおまんこに、ちんぽ入れさせてください。セックスさせてください」

志保先生の舌が止まった。

「欲しい？」

「めちゃくちゃ欲しいです。気が狂いそうです」

美樹は言った。頭の片隅で、自分はさっきから何を言っているのだろう、いつの間に先生とこういう関係ができあがってしまっていたのだろうと、疑問がよぎった。しかしその疑問は目の前の先生の裸には何の意味も持たなかった。

志保先生はまた立ち上がると、キャビネットへ向かった。今度は何だろうと思っていると、先生はコンドームの箱を手にしていた。美樹もいつかのためにということと、予行演習も兼ねて薬局で買って、自分でつけてみたことがあるからその形状とデザインには見覚えがあった。

先生はコンドームを持っている。その事実も、また別の興奮を呼んだ。

志保先生は中からひとつを取り出し、封を切ってコンドームを取り出した。薄緑色のコンドームだった。先生は先を指でつまむと、美樹の亀頭にあてがった。そして、あっという間にするすると根本までかぶせていった。自分でもそんなにうまくつけられたことはなかった。先生はどこまでこういうことに手慣れているんだろうと思ったが、コンドームをつける指先の刺激だけでもまた感じてしまい、女の子のような声をあげてしまった。

志保先生は美樹の性器の上に、膝《ひざ》立ちで立った。そして右手を添えながら、それを自分の性器の入口へとあてがった。

いよいよ先生の中に入れる。

そう思ったとき、美樹は気づいた。先生の股間《こかん》には毛がまったくなかった。元々ないのか剃《そ》っているのか、そんなことを考える余裕はなかった。アダルトビデオでのモザイク越しには、だいたい黒い毛が上やまわりを覆っていたが、先生のそれはまるで違っていた。

そしてそのとき、初めて先生の性器がちらっと見えた。薄い唇が左右に広がるように、てかてかと濡《ぬ》れている襞《ひだ》が出ているのが見えた。そのまわりは、ぷっくりとした肉が覆っていて、そこだけ少し色が違っていて、茶色がかっていた。

「んっ……」

亀頭がその唇に包まれたとき、志保先生は少し眉間《みけん》に皺《しわ》を寄せて呻《うめ》いた。美樹はその艶《なまめ》かしい顔と声に猛烈に興奮した。自分が先生のことを喜ばせているのかという気にさせてくれたからだった。

ずぶずぶと、美樹の性器が志保先生の中に埋まっていく様子が見えた。その包まれる感触は、先ほどの凄《すさ》まじい快感とはまた別の喜びを美樹の体に与えてきた。美樹は先生の体を抱きしめて、より強くひとつになりたかったが、腕を縛ったままのロープがそれを許してくれなかった。

志保先生は完全に美樹の性器を自分の中に収めると、ぺたんと座るようなその姿勢のまましばらく動かなかった。眉間には皺が寄り、体をゆっくりくねらせていたが、やがて堪《こら》えきれないように喘《あえ》ぎ声が口からもれてきた。

「いい……すごい……」

志保先生は目を閉じて、やってくる快感を受け止めているように見えた。しかし同時に手が美樹の胸に伸びてきて、両手の指でまた美樹の乳首を擦《こす》ったり撫《な》で回し始めた。そしてぴったりと性器を収めたままで、ゆっくりと腰を前後に動かし始めた。体の真ん中あたりを支点に、上半身はまったく動かさず、腰だけが別の生き物のようだった。

「あああああああ」

突然、志保先生はいままでと違い、堰《せき》を切ったように大きな喘ぎ声をあげた。

「先生……」

美樹も思わず呻いた。そして前後する先生の腰を、突き上げるように腰を上下に動かし出した。その腰をぎゅっと摑《つか》みたい、揺れる胸を揉《も》みしだきたいと思ったが、その叶《かな》わないムズムズとした気持ちが、腰の動きに乗り移ったような感じだった。

「気持ち、いい、おまんこ、すごい……」

志保先生は腰をより速く動かしながら、今度は上半身も前屈《かが》みに快感を溜《た》め込むようにしたり、えびぞりになってそれを吐き出すようにしたりとし始めた。美樹の体の上の、小柄なその体は、全身のどこひとつとして休むことなく、セックスのために反応しているようだった。

美樹は初めてのセックスをしていることの喜び以上に、見聞きしたセックスと実際にいま自分がしているセックスがあまりにも違うことに、めまいがしそうだった。本当のセックスは、こんなに汚くて美しいものだったのかと、はしたない顔をして喘ぐ先生を見て、涙が出そうなくらい感動していた。

先生は一度動きを止めると、繋《つな》がったまま膝立ちになった。そして右手を後ろに回して美樹の左の太ももにつき、左手は美樹の腰に添えるようにしてバランスを取った。今度は性器を出し入れするように、上下に動きだした。

「いい、いい、ちんぽ、すごくいい……」

ぐちゃぐちゃぐちゃと、性器がたっぷりの液体を含んでこすれ合う音がして、それに合わせるように志保先生は喘いだ。

「おまんこ、すごいです」

美樹も言った。誰もがこんな言葉をセックスのときに使うのだろうか、先生だけなのだろうかと、同じ疑問がよぎったが、先生の喘ぎにはそうやって答えるべきだろうと思ったし、何よりもそう口にすることで、美樹自身もより興奮が強まっていく気がした。

「先生、先生に触りたい。手を……」

「約束、した、でしょ」

志保先生は上下の動きを止めることなく、荒い呼吸の合間にそう言った。

「先生、こっちに……」

美樹は泣きそうになりながら言った。どんどん次の昂《たかぶ》りが近づいてきていることがわかった。このまま射精してもすごく嬉《うれ》しい経験には違いないが、先生との距離の遠さが寂しかった。

「どうしてほしいの」

志保先生が妖《あや》しい目で美樹を見下ろした。

「もう、また、いっちゃいそうです。ぎゅっとしてほしいんです」

まるで女の子みたいだと美樹は思ったが、その懇願を我慢できなかった。

すると志保先生は、膝をおろして、美樹の願いどおり、その上に覆いかぶさってきてくれた。美樹の肩に手を添え、首元に頭を擦り付けるようにした。先生の髪の匂いが鼻腔《びこう》をつき、美樹は思わず喜びの声を漏らした。

志保先生は少し屈むと、その体勢のまま美樹の乳首をしゃぶりだした。先ほどよりも激しく、ほとんど唾液《だえき》をそのまま口からこぼすように、ぴちゃぴちゃと淫《みだ》らな音を立てた。そして乳首に舌を当てたまま、腰を打ち付けるよう動かした。

「先生……」

美樹は襲いかかってくる快感に、もう抗《あらが》うことなく身を委《ゆだ》ねた。

「ちんぽ、すごくなってる」

志保先生が胸元で喘ぎながら言った。

「また出ちゃいそうです。いっちゃっても、いいですか」

美樹はほとんど叫ぶように言った。

「出して、いっぱいいいって。いくときは、ちゃんと、言って」

美樹のせつない声により興奮したような様子で、志保先生は腰も指も舌もすべての動きをより淫らに強くさせた。

「もう、すぐ出ちゃいます。あああ……」

美樹が呻いた。その瞬間、先生は体を起こすと、美樹の頭に手を回し、自分に近づけ、その唇を美樹の口に押し当てた。互いに開いた唇の中で、舌と唾液が一気に絡まった。ふと昨夜と同じ、苦みを感じた。それはきっと先ほどの自分の精液の味だった。

その密閉された空間で、美樹はだらしなく絶叫した。どくんと音がしたような気すらした。先生の体の中で、美樹は射精した。もうコンドームがとっくに破れてるんじゃないかと思うくらい、注ぎ込むような感触があった。その瞬間、志保先生も合わせた口の中で、可愛らしく獣のような呻き声をあげた。美樹は先生のお尻《しり》に太ももを当てながら、性器を何度も先生の奥へ打ち付けた。最後の一滴まで出してしまいたかった。そのたびに、先生は「んんっ」と声を漏らした。

美樹の体は震え出した。志保先生の体はビクビクと痙攣《けいれん》するように動いていた。

何分経過したのかもわからない時間が過ぎた後で、志保先生はゆっくり体を起こした。そしてコンドームの根本を指で押さえるようにしながら、腰をあげていった。先生の性器から、だらんと美樹の性器と、たっぷりと精液が溜まったコンドームが離れた。その瞬間、入れる前よりも強烈な先生の性器とその液体の匂いが美樹の鼻をついた。いままで嗅《か》いだことがない、きつく、いやらしい匂いだった。

先生は美樹の性器から、ベトベトになったコンドームを外し、先を縛った。美樹の性器は今度こそ、小さくくったりとしなびていた。志保先生は手を伸ばすとベッドサイドからティッシュを引き抜き、コンドームを包み、またティッシュを取ると、美樹の性器を優しく拭《ぬぐ》った。

言いようがない幸福感に包まれて、美樹はそのままずーっと眠りに落ちていった。

卌三

目が覚めた瞬間、美樹は慌てて跳ね起きた。いま自分はどこにいるのだろう、先生はどこにいるのだろう、いま何時なのだろう、さっきのことは夢だったのか現実だったのか、まだ先生とセックスをする時間と機会はあるのか。ほんの一瞬でそんな思考がぐるぐると頭の中を駆け巡った。

外の陽射しはまだまだ昼の強さだった。自分の体にはタオルケットがかけられていて、めくるとトランクスをはいていた。これは先生がはかせてくれたのだろうか。腕のロープはほどかれていたが、のたうちまわったときについた跡はまだ赤く残っていた。美樹はその跡が、初体験の勲章のような気がして、妙な嬉しさを感じた。

腕時計を拾うと、一時前だった。一〇時に先生の部屋に来て、眠ってしまったのが一一時だったのか一二時だったのかもわからない。文字通り出し切ったセックスと、昨夜の寝不足もあってほとんど気を失うように眠ってしまった気がするが、あの気が狂いそうな時間が実際はどれくらいだったのか、想像もつかなかった。

さっき置いてあったビデオカメラと三脚は片付けられていた。

少し迷ってから、Tシャツと綿パンを着てドアを開けた。志保先生はリビングのソファに座って新聞を読んでいた。美樹は夢ではなくそこにちゃんと先生がいてくれて、心の底からほっとした。CDの小さい音で、聞いたこともないジャズが流れていた。

「お腹すいてない？　パスタ作るから、シャワー浴びてきたら？」

志保先生は笑顔を見せてくれた。カットソーとショートパンツをまた着ていた。ポニーテールはほどいていて、少し毛先が濡《ぬ》れているようだった。けだるく大人っぽい雰囲気と、いつもの小柄で可愛らしい雰囲気がどちらもあった。

「お借りします」

言われてみれば、体中のベトベトはすっかり乾いて張り付いたような感じだった。しかし自分の汗と精液は早くきれいにしたいが、先生の唾液を洗い流してしまうのは、なんだかもったいないような気もした。

「タオル、適当に使ってね」

志保先生は台所に立って鍋《なべ》に水を入れながら言った。

「ありがとうございます」

美樹はその姿を照れて見つめてから、洗面所に入った。洗面台と隣の棚には海外製らしいボトルがいくつも並んでいた。化粧水とかローションとか名前は聞いたことがあるが、どれがどれなのかはわからない。しかしその女性の部屋ならではのものを見るだけで、そんなところにいる自分が大人になったような気がしていた。

先生の歯ブラシを見ていると、そっと口に含んでみたくなった。それは我慢したが、そっと洗濯機を開けて中を覗《のぞ》き込む誘惑には勝てなかった。中にはポロシャツとタオルに隠れるように、薄いピンク色のブラジャーが見えた。手に取ることだけは堪《こら》えながら、しかしその洗濯槽の中の匂いを吸い込むように息を吸った。

服を脱いでバスルームに入ると、少し湯気と濡れた跡が残っていた。先生も少し前にシャワーを浴びたのだろう。ボディソープのものらしきいい匂いが漂っていた。

美樹はシャワーを頭から浴びながら、先生が使ったであろうボディソープを、体中に塗りたくり、性器はとりわけ丹念に洗った。陰毛のまわりは精液や汗でごわごわしていたが、泡立てて擦《こす》っていると、またむくむくと性器は大きくなってしまった。

やはり先生の匂いが染み付いているような気がするタオルで体を拭《ふ》いて、美樹は服を着てリビングに戻った。

「シャワー、ありがとうございます」

「座って待ってて。麦茶、よかったら」

志保先生は長い菜箸《さいばし》でパスタを茹《ゆ》でながら言った。リビングのテーブルには麦茶とグラスが置いてあった。美樹は冷えた麦茶を飲んで、初めて自分がとても喉《のど》が渇いていたことに気づいた。

志保先生は何も喋《しゃべ》らず、パスタが茹で上がるとざるにあけ、あらかじめ作っていたほうれん草とベーコンとまいたけのホワイトソースにフライパンで絡めた。

「鷺坂くん、これお願い」

志保先生の言葉に美樹は勢いよく立ち上がって駆け寄った。先生はトマトとレタスのサラダの小皿と、フォークとスプーンの入ったスタンドを持っていくよう目で促した。美樹は言われたとおり運びながら、こんな些細《ささい》なことですらカップルのようで、震えがくるほど嬉《うれ》しいことを知った。

本当は先生を後ろから抱きしめて、胸をまさぐりながらキスをしてみたいと思ったが、なぜか先生はそういうことを快く思わないのではないかという予感がしていた。

志保先生がパスタを運んできて、二人でラグの上に座って「いただきます」と食べ始めた。味は普通においしかったが、それ以上にこのシチュエーションに舞い上がりそうで、ゆっくり味わっている余裕などなかった。美樹は一気にかきこむと、「ごちそうさまでした」と大きな声で言った。先生はふふふと嬉しそうに笑った。

「先生」

麦茶で口の中に残ったものを流し込んでから、美樹はパスタを口に運ぶ先生に言った。

「さっきはありがとうございました。初めてが、志保先生ですごく感激してます」

「ありがとう」

志保先生は小首を傾げて言った。その言葉には、上から物を言う感じも、謙遜《けんそん》する感じもいっさいなかった。感謝を素直に受け止めている言葉だった。

「それで……この後も、まだしてくれますか」

「約束したからね。まだいっぱいしましょう」

志保先生は微笑んだ。美樹は叫び出したいくらい嬉しくて、思わず「よっしゃ」と声に出してしまい、真っ赤になった。

「でも、条件は覚えてる？」

「はい」

微笑みながらだったが、先生は少し真剣なトーンで聞いてきたので、美樹も真顔に戻して頷《うなず》いた。

「言ってみて」

「いつやるかは、先生が決めることで、僕は必ずそれに従う」

「どうやるかもよ」

「はい」

昨夜、美樹は自分から先生の命令は何でも聞くと宣言した。正直なところ、深い意味はなく言った。しかしやはり、先生がその話をするときは、何か特別なトーンがあるような気がした。どちらにせよ、先生とセックスができるならどんな命令でも聞くことに変わりはないのだが。

「あと、最初にいくつか決めておかなくちゃいけないこともあるわ。鷺坂くん、自分でわかる？」

「はい……誰にもこのことは言わない、とか」

「そんなのあたりまえでしょ」

志保先生はふっと笑った。

「二人でいるところを誰かに見られただけで、すべて終わりよ。噂話になるのもだめ。こういうとき以外に、先生に話しかけるのもだめ」

美樹はなんだか悲しくなりそうだったが、先生の言うことはもっともすぎることもわかっていた。

「あと大事なこと。お家の門限とかご両親の言いつけは絶対に優先することと、中間と期末の順位が少しでも落ちたら、もう二度とこういうことはないから」

「わかりました」

そう言うしかなかった。美樹の成績は学年約三〇〇人中、三〇位から五〇位の間をいったりきたりするレベルで、一学期の期末試験は三八位。もうそれより下になるわけにはいかないのは相当なプレッシャーだったが、同時に、少なくとも二学期の中間までは先生はセックスしてくれるつもりだとも思って、にやつきそうになってしまった。

志保先生はパスタを食べ終えると、手際よく食器を洗い、コーヒーをいれた。

美樹の頭の中には、次から次へといろんな考えや疑問が浮かんでいく。先生はどうして自分とセックスしてくれたんだろう、昨夜の話で興奮したから抑えられなくなったのか、それとも自分のことを前から気に入っててくれたからか、そうだとすると先生と自分はこれから、恋人同士という関係になるのだろうか、いや、もしかしたら、自分以外の生徒ともこういうことをしていたりするのかもしれない……。

答えの出ない堂々巡りはいつまで経っても終わらなかった。

「さっきの、どうだった？」

志保先生はそんな美樹の様子を気づいているのかいないのか、コーヒーを一口飲んでから美樹をちらっと見た。

「すごい気持ちよかったです。でも……」

「でも？」

美樹は言いかけて、自分が何か間違ったことを口にしないか心配になったが、正直に言っておこうと思った。

「想像してたのとは、ちょっと違いました」

「どんな風に？」

「女の人が……先生が、あんな風にいろいろしてくれたり、手を縛られたり、僕のを、全部飲んでくれたり、その……」

「淫乱《いんらん》だと思った？」

志保先生は美樹の目を覗《のぞ》き込むようにして言った。あれが淫乱なのか普通なのか、他の人もそうなのか志保先生だけがそうなのか、また答えの出ない二択を考え込む前に、美樹はすぐに首を横に振った。

「すごくいやらしかったけど、すごくきれいでした」

「ありがと」

美樹の言葉に、志保先生は初めて少し照れたような、嬉しそうな笑みを浮かべた。

「でも私もわからないの」

志保先生は一度コーヒーカップのほうに目を伏せると言った。

「たぶん、鷺坂くんが言うとおり、あんな風にする人が全部じゃないと思うけど、先生、いままで一人しか経験がないから」

美樹は驚いた。学校での「しほしほ」なら、その告白は似合っていたと思う。逆に、真面目で地味な先生にも、彼氏がいたんだと驚くかもしれない。しかしこの部屋での志保先生は、とても経験人数が一人しかいない女性には思えなかった。

「ずっと、同じ人とつきあってたんですか」

美樹は聞いた。驚きで声が少し上ずっていた。志保先生は、少し微笑んでから頷いた。

美樹はまた答えの出ない想像をした。きっと、その彼氏はすごくいやらしい男なんだろう。先生はその男に、いろんなことを教え込まれたのだろうか。美樹はその男に対して、嫉妬《しっと》よりも羨望《せんぼう》を覚えた。

先生は何歳からその男とつきあっていたのだろう、処女を失ったのはいつだったのだろう。そう考えたとき、美樹は次の疑問をふと口に出していた。

「いつ別れたんですか？」

今日自分とするまで、どのくらいの間があったのだろうかと気になった。しかし先生は不思議そうな顔をした後で、ふっと笑った。

「別れてないわ」

「え、でも、じゃあ……」

美樹は慌てた。まだその男とつきあっている？　唯一の経験相手の男と続いているのに、なぜ自分と？　こんな風に先生の部屋にいて、突然やってきて殴られたりしないだろうか？

先生にいろんなことを聞きたかったが、何も声にならなかった。

「そのことも含めて、鷺坂くんはこれからも先生とセックスがしたかったら、全部言うことを聞くの」

志保先生が改めて確認するように言った。美樹はただ黙って頷くしかなかった。

「そろそろまたできそう？」

先生は少し妖《あや》しい目つきになって聞いた。美樹は大きく息を吸ってから、また頷いた。やはりセックスができるという期待の前には、どんな疑問も考えも四散していってしまう。

「鷺坂くん、正直に答えて。さっき先生が普通の人とはちょっと違うかもしれないって言ったけど、先生がこれまでやってきたみたいな、そういうセックスでもかまわない？」

「はい」

いやらしい先生が見たいですと、心の中で続けて言った。

「どんなことも嫌がらないで、受け止める？」

「はい。先生の命令を聞きます」

美樹は改めてその言葉を口にした。その瞬間、志保先生はビクンと震えたようだった。美樹には一気に目がとろんとしたように見えた。そしてその美樹の言葉が、何かとても大事な契約のような響きを持った。

寝室へ行くと、志保先生はカットソーとショートパンツを脱ぎ、白い縁取りの黒のショーツだけの姿になった。さっきあれだけ見ていたのに、やはりその胸や腰を直接見るだけで、美樹は抑えようとしても鼻息が荒くなり、唾《つば》をごくりと飲み込んでしまう。

「鷺坂くんも脱いでて」

志保先生はそう言うと、またキャビネットに手をかけた。そしてやはり、ビデオカメラと三脚を取り出した。美樹はTシャツを脱ぎながら、思いきって聞いてみた。

「先生、それ……」

「なに?」

「どうしてその、撮るんですか」

意を決して聞くと、志保先生は美樹をじっと見つめた。

「鷺坂くんが約束を守らなかったときに、これを持ってレイプされましたって警察に行くから」

「え……」

「冗談よ。じゃあこれ、鷺坂くんお願い」

先生は微笑むと、そう言ってカメラと三脚を渡した。結局本当の理由は聞いていないが、改めて聞ける雰囲気でもなかったので、美樹は言われたとおり、三脚を立ててその上にカメラを固定した。

その間に、先生が新たにキャビネットから出してきたものに美樹は驚いた。先生は重そうな長い金色のチェーンを持っていた。よく見るとそのチェーンの先は、金の金具が埋め込まれた、幅の広い黒い革になっていた。

それは首輪だった。

「これもお願い。つけてくれる？」

「はい……あの、先生、これ……」

「先生がいつもやってるようにやるって、さっき言ったでしょう」

そう言うと先生は美樹に首輪を渡し、目の前に手を下ろして立った。やはり小柄な先生が大きく見える。そして、先生の「いつも」は自分の想像をまたはるかに超えていることを思い知って、萎縮《いしゅく》と興奮と畏怖《いふ》の感情が同時に渦巻いた。

美樹はチェーンの部分を気をつけて床に垂らし、革の部分を先生の首に回した。髪の毛がからまないようによけるとき、先生の首筋と髪に触れる指が心地よく、ドキドキした。先生はまっすぐ美樹の首あたりを見つめていた。閉める部分はベルト穴のようになっていて、美樹は真ん中の穴にフックを通した。

「もうひとつきつくして」

志保先生が言った。その場所はいつも決まっているようだった。確かにもうひとつ隣の穴は、他の穴に比べて引っ張られてよれた跡がついていた。美樹がそこに通し直すと、「んんっ」と志保先生は甘い吐息を漏らした。

美樹はいったいこれは何のためにあるのだろうと思ったが、首輪を巻いている先生はめまいがするほど美しかった。

そのとき、美樹はキャビネットの中に、まだまだ怪しい道具があることに気づいた。美樹のその目線に気づいた志保先生は、「見ていいわよ」という顔をした。美樹はふらふらと近づいていった。

そこには、美樹がアダルトビデオで見たことがあるものもあれば、まったく使い道すらわからないものもあり、さらには、何かはわかるがそれをセックスのときにどう使うのかがわからないものもあった。

バイブレーターやローターといったおもちゃ、ロープや他の首輪や、穴の開いたピンポン球のようなものが真ん中にある、ベルトがついた黒革のもの、手錠、おそらく腰につけるであろうエナメル製のコルセットのようなものや、同じくエナメルの手袋、ビー玉のような球が五つ連なったもの、名前がわからない銀色の医療用品のようなものがトレーの上にいくつもあり、そして形の違う鞭《むち》が三本あった。いままであえてその言葉を考えないようにしていたが、やはり、先生は変態だったのかと、美樹は思わざるを得なかった。

「使いたいものある？」

志保先生が後ろから聞いた。その声はどこか楽しそうだった。

「あの……ごめんなさい、よくわからなくて……」

美樹は真っ赤になって俯《うつむ》いた。こんなすごいものを、こんなに使っている先生が、とてつもなく遠い存在に思えてしまった。自分なんかが、この人をセックスで満足させてあげることとなんて、できっこないと果てしなく落ち込んでしまいそうだった。

「気にしないで。そのうち、全部教えてあげるから」

志保先生の声はいやらしかった。しかしやはり、楽しそうな響きが確実にあった。

志保先生は首輪の先を持つと、ベッドに座った。そしてショーツを脱ぎ、ゆっくりと膝《ひざ》を開いていった。美樹は大急ぎで綿パンとトランクスを脱ぎ去って、吸い寄せられるように先生に近づいた。目の前に、さっきはよく見えなかった先生の性器がこちらを向いていた。

まったく毛のない股間《こかん》に突然現れたそれは、とてつもなく、グロテスクだった。ぷっくりと膨らんだ肉に挟まれ、濡《ぬ》れてテカテカと光るその襞《ひだ》を、よく大人たちが貝にたとえるわけがよくわかった。乳首と同じく、それはピンクでも黒でもなく、薄い茶色がかった、不思議な色をしていた。見ていると気持ち悪くなりそうなのに、なぜか性器は痛いくらいに勃起《ぼっき》していた。気づくと美樹は、犬のようにぜーぜーと口を開けて息をしていた。

ふと先生を見上げてみた。首輪をしている先生は、これ以上ないくらいの美しい顔で、唇を少し開いて待ちわびるような目をしていた。

美樹はごくりと唾を飲み込んでから、先生の性器にしゃぶりついた。

「あっ……」

志保先生が眉《まゆ》をしかめて、声を漏らした。

美樹の口のまわりに粘り気のある液体の感触が広がり、酸っぱいような、嗅《か》いだことがない匂いが鼻をついた。それはどちらも、おいしいものではないのに、口を離せない魅力があった。美樹はこれ以上伸びないというくらい舌を伸ばすと、襞の真ん中をかきわけるようにして、中から溢《あふ》れる液体を味わった。

「おまんこ、いい、そこ……」

志保先生は、美樹の頭を摑《つか》むと小さく叫んだ。その先生の反応がまた美樹の興奮を誘い、顔を傾けたりしながら、びちゃびちゃと音を立てて、先生の性器を隅から隅まで味わった。

「こっちに……指でいじってて……」

志保先生が喘《あえ》ぎながら言った。懇願なのか命令なのかわからなかった。美樹は言われるままに、先生の性器に人差し指を入れ、顔を先生の顔に近づけた。志保先生は口を開いて待ちきれないように舌を少し出した。美樹はその口に、ぶつけるように自分の口を押し当てた。

すぐに唾液《だえき》の混ざる、じゅばっじゅばっという音が響いた。これまでと逆のことをするように、志保先生は自分の液体にまみれた美樹の口を、吸い取るように舐《な》めていった。

「いじって」

その唇の隙間から、先生が言った。美樹はすっかりキスに夢中になっていて、先生の性器に入れた指をそのままにしていた。慌てて中をこするように動かしてみた。ザラザラとした感触が指の腹に伝わった。

「んんんっ」

唇を離さないまま、先生はせつなく喘ぎ出した。同時に、先生の左手が伸びてきて、美樹の性器を握ると、いきなり強く上下にしごきだした。美樹は思わず口を離してしまった。

「先生、だめ、それ……」

唇をベトベトに濡らした先生が、欲しがるような口調で言った。手の動きは止まらなかった。

「何がだめなの？」

「それ、すぐ出ちゃうから、もっとゆっくり、お願いします」

美樹は叫び出しそうになるのを堪《こら》えて、先生が納得してくれるように、きちんとそう言った。すると先生は手の動きを止め、美樹の顔を見つめたまま、体を少し寄せてきた。そしてそのまま、いっぱいに溜《た》めた唾液を、下も見ずに口から溢れさせた。顎《あご》をつたうのも気にする様子もなかった。そしてその唾液は、つーっと糸を引き、美樹の亀頭にかかり、先生の手がそれをこぼさないように受け止めた。

「ちんぽ気持ちいいの？」

「はい、ちんぽ気持ちいいです」

「こういうのも、気持ちいい？」

志保先生は美樹の顔を観察するように見ながら、唾液を亀頭に塗りたくるように、指を動かした。腰から背中に電流が走って、美樹はまた「ひやっ」と女の子のような声をあげて、尻《しり》を浮かせてしまった。

「気持ちいいです。どうかなっちゃいそうです」

「また入れたい？」

志保先生が言った。美樹はまた悔しくなった。本当はまだまだ先生の体のいろんなところを舐めたり、触ったりしたい。しかしやはり、これ以上待つと挿入する前に出してしまいそうだった。

「入れたい……です。ごめんなさい」

さっきの様々な道具を見た後で、先生の望んでいることでないような気がして、美樹は謝った。

するとが、先生の望んでいることでないような気がして、
しかし志保先生は「いいのよ」という顔で頷《うなず》くと、一度ベッドを下りて、キャビネットからコンドームを取ってきた。

「あの、それ……」

美樹は自分でつけますという意味で手を差し出した。しかし志保先生は首を振った。

「これは私がするの」

可愛らしかったが、有無を言わせない言い方だった。そして先生はコンドームをひとつ取り出した、美樹は驚いた。先生がその先を口にくわえたからだった。

先生は四つん這《ば》いのように近づいてくると、半身を起こしたままの美樹の股間に顔を近づけた。そしてコンドームを押しつけるようにして、亀頭の先に口をつけた。美樹の体にまた電流が走る。先生はそのまま、コンドームをあてがいながら、口を開いて亀頭を包んでいった。

そこで志保先生は顔を上げた。見下ろすと、コンドームはきちんと美樹の性器を半分覆っていた。先生は指を添えると、残りを根本まで伸ばした。

「今度は自分から入れてみる？」

先生はそう言うと、枕元のほうへ頭をやって、仰向《あおむ》けになると膝を曲げて足を広げた。先生の性器がまた目の前に現れ、独特の匂いが広がった。

「はい」

美樹は頷くと、膝立ちになって、先生の足の間へと入っていった。亀頭を、先生の襞に触れさせた。そして少し前へと進む。すると押し返されるような感触があって慌てた。志保先生は少し腰を浮かせた。位置を直してくれてるんだと思うと、嬉《うれ》しくもあり、恥ずかしくもあった。再びゆっくり進むと、今度はまるで吸い込まれるように自分の性器が、ぬるっと先生の中へ入っていった。

その結合部分を見ているだけで、射精してしまいそうなくらい興奮した。

根本まで全部入ると、先生は少し体をくねらせて、心地いいポジションを探すような動きをすると、「くふぅ……」と可愛らしく喘いだ。美樹は動いてしまうといつ射精してしまうかわからないので、しばらくその姿勢のままでいた。

「先生、ごめんなさい」

思わず謝った。そうしないと間が持たなかった。

「どうしたの？」

「いろんなことできなくて、へたくそで」

美樹は真っ赤になったが、先生は真顔で美樹を見つめた。

「鷺坂くんのちんぽ、すごく気持ちいいわよ。安心して」

美樹は恥ずかしさに加えて、嬉しさで耳まで赤くなった。

「それに一度にいろんなことできないわ。楽しいことは、ゆっくり少しずつしていけばいいの。教えてあげるってさっき言ったでしょう」

「はい」

美樹は少し安心して頷いた。繋《つな》がって動かないまま会話をしていると、ときどき性器に震えが伝わることを美樹は知った。

「変なこともしてみたかった？」

志保先生が聞いた。先生の言う変なことの意味がわからなかったが、いやらしくて先生が喜ぶことを指しているのならと、美樹は頷いた。

「このままでもできることはあるわよ」

「え……」

「たとえば、このまま私の顔に唾《つば》を吐きかけるとか」

想像もしていない行為だった。美樹は文字通り目を丸くしていた。

「そんなこと……」

「汚いと思う？　変態だと思う？」

志保先生は、美樹の思っていることを見透かしたように言った。美樹は返事もできなかった。

「やってみて。命令よ」

志保先生は強い眼差《まなざ》しになって言った。美樹は躊躇《ちゅうちょ》したらきっとできなくなってしまうと思って、体を倒すようにして先生の顔の上に自分の顔を近づけた。

「すいません」

「いいから」

先生に促されて、美樹は思い切って、ぺっと唾を吐いた。それは先生の左の眉毛《まゆげ》の上に落ちた。

「んんんっ」

その瞬間、先生はゾクゾクと体を震わせた。美樹は何が起きているのかわからなかった。しかし、自分でも気づかないうちに、次の唾を先生の顔に向かって吐いていた。左の頰に飛んだ唾は、耳のほうにも飛び散った。

「あっ、すごい……」

志保先生は目を閉じると、その唾の感触を味わうように、うっとりとした顔つきになった。信じられない光景だった。美樹は口を近づけると、自分が吐き出した唾を吸い込むように、先生の顔を舐め回した。キスとはまた違う、痺《しび》れるような美味《おい》しさを感じた。

先生はそのまま、半身を起こすようにして、美樹は背中に手を回して自分も起き上がった。

「ゾクゾクしたでしょう」

そのとおりだった。

美樹が正座している上に志保先生は繋がったまままたがり、対面座位の形になった。先生は美樹の首に手を回して、膝《ひざ》を立てると、上下に体ごと動かし、激しく性器を出し入れし始めた。先生の尻と美樹の太ももが、パチンパチンと音を立てた。

「鷺坂くんの、ちんぽ、すごくいい、気持ちいい」

志保先生は動けない美樹の体を存分に楽しんでいるような感じだった。美樹は、これだとさっきと同じだ、自分からもしたかったのにと思いながらも、押し寄せてくる快感に抗《あらが》うことはできなかった。

「……って」

気づくと、耳元で志保先生が喘《あえ》ぎ声の合間に何かを言っていた。

「え……」

「ぶって。お尻、手で思いっきりぶって」

次の命令だった。美樹は左手を先生の腰に回してから、右手を振り上げ、思い切り先生の左の尻を平手で打った。

「いくっっっっ」

パチンという乾いた音が部屋にこだました直後に、先生が絶叫した。

その声が合図だった。美樹の頭は空っぽになった。それから、美樹は、右手と左手をときどき入れ替えながら、先生の尻《しり》を何十回も平手で打った。先生の白く柔らかい尻は真っ赤に腫《は》れ上がった。美樹の手も腫れていた。その間、先生は「おまんこ、おまんこ」と淫《みだ》らな絶叫を続け、腰は激しく動き続けていた。性器の擦《こす》れ合う音とともに、そこから飛沫《ひまつ》のように飛び散る液体がベッドカバーに染みを作っていった。

美樹は自分がいつ射精していたのかもわからなかった。絶頂の波は何度も押し寄せてきていた。射精した後でも性器はずっと硬く強《こわ》ばったままで、気づくと、先生の嬌《きょう》声《せい》に合わせて、自分も「いい、いい」と女の子のような声で叫び続けていた。

＊＊

小さな志保先生に、まるで母親に甘える子供のようにしがみついていた。

三度目の射精を終えて、そんな風に震えている美樹を、志保先生はそっと抱きしめるようにしていてくれた。ビデオテープはとっくに終わっていたようで、静かにベッドを見下ろしているだけだった。

「先生。変なこと聞いていいですか」

美樹は先生の柔らかい乳房に頬を当てたまま呟《つぶや》くように言った。

「なに？」

「ここ、剃《そ》ってるんですか」

そう言って、下腹部のあたりに指を這《は》わせた。性器へ至る谷間に指がかかり、その先へと進ませたかったが、図に乗ってるような気がして我慢した。

「こうしてる人も多いのよ」

志保先生はなんでもないように言った。また核心の答えではなかった。なぜ剃っているのか、先生の彼氏がそう命令しているのか、その二つをすごく聞きたいのだが、やはりその勇気はなかった。

美樹は少し顔の向きを変えて、おずおずと先生の乳首に舌を伸ばした。これまですっかり、キスをしたり舐《な》めたりするときには、先生のようにたっぷり唾液《だえき》をなすりつけるようにやることを覚えた。

先生は嫌がる様子もなく、美樹の頭に優しく手を添えた。美樹は安心して、先生の乳首をたっぷり濡《ぬ》らすと、唇で挟むように引っ張ったりした。つけたままの先生の首輪のチェーンがカチリと音を立てた。また性器が少し反応した。その硬さが、先生のふくらはぎのあたりに触れた。

「すごい。元気」

志保先生は本当に驚いたようだった。美樹は恥ずかしさと誇らしさを両方感じた。

「まだ、したいです」

まだ三時過ぎくらいのはずだった。

「いいわ。でもあと一回したら、ちゃんとお夕飯の時間までにはお家に帰るのよ」

美樹はその言葉に少しがっかりした。昨夜、「一日中やらせてあげる」と言ってくれたので、母親にはそれとなく、夕食も友達と済ませてくるかもしれないと言っていた。しかし実際のところ、もう三回射精している。いくら興奮しているとはいえ、後一回くらいが確かに妥当なんだろうなとも思っていた。三回の射精のおかげで、少し冷静になれているのかもしれない。

「四つん這いになって」

志保先生が言った。美樹はびっくりしたが、言われたとおりにするしかなかった。先生がベッドから下りてキャビネットのほうへ行っている間に、美樹は先生のほうを向いて四つん這いになった。

「反対向きよ」

志保先生はビデオテープを取り出しながら言った。美樹は頭を枕のほうへ向けた。尻の穴やぶらさがった玉が丸見えになっているはずだった。それだけでも恥ずかしいのに、カチャカチャとテープをセットしている音が聞こえてきて、先生はまたビデオカメラの録画ボタンを押したようだった。

「うわっ」

思わず大声を上げて腰を引いてしまった。何が起きたのかと振り向くと、志保先生が後ろにいて、尻の穴を舐めていた。

「動かないで」

志保先生はそう言うと、美樹の太ももにそれぞれの手を添えた。そして、尻の隆起に顔を埋めるようにして、美樹の肛門《こうもん》に、唾液をたっぷり含んだ舌を押しつけた。

あれだけ激しいセックスを二度もしたのに、まだ知らない快感がそこにあった。美樹はだらしなく「だめ……」と声を漏らした。先生の舌はそれでも止まることなく、やがてその舌先を硬く尖《とが》らせて、奥へと突っ込むように動き出した。先生の口からは、吐息と喘ぎ声が混ざったように「ああ」という声がしていた。その音と動き方だけで、先生がとても興奮していることはわかった。

美樹はとてつもない快感を味わいながらも、何か漏らしてしまいそうな気持ちにもなってきて、肛門を閉じようとしてしまった。

「力を抜いて」

すかさず先生が言った。美樹は泣きそうになりながら、ゆっくり力を抜いた。便意は催していないから大丈夫だと思いながらも、やはりその初めての感覚は恐怖でもあった。

志保先生は「んんんっ」とくぐもった声を出しながら、美樹の肛門を奥まで味わうようにしゃぶり、そして右手を回してきて、玉を優しく包むように触った。美樹は「ひやっ」とまた女の子のように叫んでしまった。すると先生は、今度は左手も回してきて、美樹の性器を逆手で握ると、ゆっくりとしごき始めた。まだ完全な勃起《ぼっき》ではなかったが、すごいスピードで血が集まってきているような気がした。

「先生、もう、だめ、変になる」

美樹は叫んで、ベッドにつっぷすように体を投げ出した。何か体のどこかから何かを放出する動きをしているのに、出すべきものが空っぽになっているようなもどかしさで、気が変になりそうだった。射精をしていないのに、いってしまったような気分だった。

「鷺坂くん」

つっぷしたまま、息を整えている美樹に、志保先生は静かな声で言った。

「私にもしてくれる？」

美樹は少し体を起こして、振り向いた。口のまわりをべっとり唾液でてからせている先生は、潤んだ瞳《ひとみ》を美樹のほうへ向けていた。

志保先生は、美樹の隣にゆっくりとうつぶせになった。美樹が起き上がって、先生の足の間に入っていくと、先生は尻をきゅっと突き出した。少し叩《たた》いた跡の赤さが残っている丸く柔らかいラインも、丸見えになっている少し黒ずんだ肛門も、さんざん自分を迎え入れてくれた性器も、すべてが完璧《かんぺき》だった。これを見るためだけでも、どんな命令でも聞けると思った。

美樹は先生の肛門に吸い付いた。性器とは違う味がした。不思議と汚いものだという感覚はいっさいなかった。舐め方は、さっき先生が実際にやってくれた。美樹は自分の尻の感触を思い出しながら、貪《むさぼ》りつくように、先生の肛門の襞《ひだ》や、その奥の柔らかい粘膜に舌を這わせた。

「お尻、すごいよ、感じちゃう、いいの、それ」

志保先生はよれたベッドカバーから出てきていた枕にしがみつくように、叫び出した。尻全体が円を描くように、艶《なまめ》かしく動いた。美樹は自分の舌で先生が感じているのが嬉《うれ》しくてしょうがなかった。先生の肛門のまわりにはほくろが二つあった。それを自分が知ったことも嬉しかった。

「お尻でしてみる？」

先生が顔を向け、喘《あえ》ぎながら言った。一瞬、先生の言葉の意味がわからなかった。

「そっちにも、入れていいのよ」

想像してもいなければ、これまでそんな欲求を持ったことすらなかった。美樹は口を肛門から離した。自分の涎《よだれ》なのか、先生の中から染みだしてきたものなのか、つーっと糸を引いた。

美樹は操られるように、先生の腰を両手でしっかり抱えて、ぐっと引き寄せた。

「あん」と先生が可愛く反応した。

とても入る穴には見えなかったが、美樹はカチカチになっている亀頭を、先生の肛門にあてがった。

「遠慮しないで。強くしていいの」

志保先生の言葉に、美樹はぐっと腰を押し出すようにした。すると先生は呻《うめ》くような声を出した。その瞬間、先生の肛門は突然柔らかくなったような感じがして、ぬるっと亀頭の先が入っていた。

「ぶちこんで。犯して」

志保先生が叫んだ。それを合図に、引っかかっていた美樹の亀頭のカリの部分が、すっと奥へ進んだ。後はぐちゅぐちゅという音を立てて、あっという間に根本まで入った。先生の肛門はまるで違う生物のようにぱっくりと口を開けていた。

「ああああああ、お尻《しり》すごいぃ、おかしくなる」

先生は顔を枕に埋めて、のたうち回るようにしながら叫んだ。そして、腰を支点に美樹の性器をくわえこんだまま、尻を上下に振り始めた。

「すごい、すごいです、先生」

美樹は耐えきれず、先生の背中に覆いかぶさった。小柄な先生の体をすっぽり包み込むようにして、美樹はその体とベッドの間に手をねじこんだ。そして先生の乳房を探り当てると、乱暴に強く揉《も》んだ。先生の尻の上下の動きに対抗するように、美樹は前後に体ごと動いて、先生の肛門のさらに奥へと自分の性器を突き刺した。

二人の絶叫が部屋にこだまし、ぐちゃぐちゃという粘膜がこすれる音と、美樹の下腹部と先生の尻がぶつかりあう音が混ざり合った。

美樹は自分の顔を先生の顔の隣に埋めるようにした。そして先生のほうを向き、舌で先生の唇をべろべろと舐《な》め始めた。すぐに先生もそれに応《こた》えてくれ、部屋には唾液《だえき》が行き交う音も加わった。

　密着して繋《つな》がっていると、二人で宙に浮かんでいるような気持ちになった。

「先生、ちんぽ、気持ちいいですか」

　美樹は先生の耳を舐めながら直接囁《ささや》いた。先生が喜んでくれそうな言い方をしたが、それは間違っていなかったようで、志保先生は「ううううう」と喘ぐと、薄く目を開け、美樹を見つめた。

「すごい。鷺坂くんのちんぽ、すごくいい。もっとめちゃくちゃに犯して」

　どうして先生はこんなに下品な言葉を好むのか、そしてそれがちっとも下品に聞こえないのか、当然それは彼氏のせいでそうなったんだろう。美樹はふとそんなことを思って、打ち付ける腰と勃起により力が入った。

「もう、だめぇ……」

　荒い呼吸の後で、志保先生は消え入りそうな声でそう言うと、すっとおとなしくなった。しかしそれは次の波に備えてのもので、また徐々にその声は大きくなっていった。

「もう、出ます……」

　美樹は訴えるように言った。すると先生は腕を後ろに回して、美樹の腰に手を添えるような仕草をした。

「きて、そのまま、全部、ザーメン出して」

また、懇願とも命令とも言える言い方で、志保先生が絶叫した。

どくん、と美樹の性器が脈打った。美樹は気持ちよすぎて涎を垂らしていた。先生の体にしがみついて、最後の一滴まで振り絞るように、先生の肛門の中へ精液を流し込んでいった。「はふぅ」という音を立てて息を吐き出している先生は、美樹のその精液の感触を味わうように、尻をくねらせていた。

ずいぶん長い間そのままの格好でいた後で、息も整い、性器も萎《な》えてきてから、美樹はゆっくり先生の肛門から引き抜いた。まず、強烈な匂いが鼻をついた。便の匂いではなかったが、性器のときとは違う、もあんとした空気が漂っていた。

次に、ごぼっという音がして、先生の肛門から、精液が溢《あふ》れてきた。さっきまで美樹の性器を受け入れていたとは思えないくらい、すっかり口を閉じていた肛門から流れてくるそれは、最初は白濁していたが、最後のほうは、やや茶色がかっていた。そしてぶすっという空気が漏れる音がした。

それが内股《うちまた》に垂れ、太ももをつたってベッドカバーに流れていくのを、先生は気づいているのかいないのか、動かずにそのままにしていた。美樹はふらふらしながらもティッシュを取りに行き、それを拭《ふ》いた。

さすがに少し気持ちが悪いと思ったが、美樹はやはり目を背けることができなかった。先生と自分の、他の誰もできない特別なセックスの勲章のように思う気持ちのほうが強かった。

「シャワー浴びるけど、一緒に来る?」

ずいぶん経ってから、はらりと落ちる乱れた髪の隙間から、潤んだ目を覗《のぞ》かせて、志保先生が言った。断る理由なんてなかった。美樹は先生の顔を見上げて、「はい」と大きく返事をした。

志保先生と、恋人同士のようにいちゃいちゃと一緒にシャワーを浴びることができるのかと、美樹はウキウキしていたが、やはりそんな普通のようにはならなかった。

「先にトイレ、すいません」

二人とも真っ裸になってバスルームに向かうときに、美樹はトイレのドアノブに手をかけた。

「鷺坂くん」

すると先生が振り向いた。

「それ、大きいほう?　小さいほう?」

「小、です」

「ほんとに?」

「ほんとです」

先生が何を聞きたいのかわからず、美樹は焦った。

「じゃあそのままこっちに来て」

先生はそう言うと、バスルームのドアを開けた。

「先生にかけさせてあげる」

まだまだ、知らないことは終わらなかった。

バスルームに行くと、先生はシャワーを出しながら、バスタブの中に正座をした。

「おしっこ、先生の胸にかけて」

「いいんですか」

「かけて」

先生は笑みを浮かべていた。美樹は覚悟を決めてバスタブの中に入ると、先生の前に立った。しばらく緊張でなかなか出なかったが、小便は一度出始めると、勢い良く先生の体にかかっていった。勢いが良すぎて先生の胸ではねたものが、先生の顔にかかるくらいだった。

「あったかい」

志保先生は胸を張るようにして、美樹の小便を受け止めていた。それどころか、顔に飛んだものを指ですくうと、それを口に運んで舐めた。そして美樹を見上げると、いたずらっ子のような顔になって、「あーん」と口を開けた。

「いい……んですか」

美樹はびっくりして聞いた。

「上手にね」

志保先生は笑った。美樹は自分の性器に手を添えると、注意深く高さを調節して、先生の口の中に直接小便をした。興奮しすぎて、足が震え出していた。先生は口を開けて、その中に小便がたまるままにしていた。口元からどんどん溢れ出し、それは首、胸、腹をつたって、先生の股間《こかん》や太もものほうへと流れ落ちていった。

全部出し終わると、先生は少しだけ小便を飲みこんだ。そして、そのまま美樹の性器をくわえ、尿道に残ったものを吸い出すようにちゅっと音を立てた。

先生は立ち上がると、シャワーを手に取り、美樹の首からぬるくした湯をかけていった。そしてボディソープを手に取ると、泡立てて、美樹の全身をマッサージするように手際よく洗っていった。小さくなって少し皮をかぶった性器も、慣れた手つきで剝《む》いて洗い、その指を下へ回して肛門《こうもん》もきれいに洗った。

「足をあげて」

志保先生はそう言って、中腰になって美樹の足を自分の太ももの上に乗せるようにすると、指の間まで丹念に洗っていった。また勃《ぼっ》起《き》してしまいそうだった。体中を流してもらった後で、美樹はシャワーを受け取った。

「僕も、先生の体を、洗わせてもらえますか」

美樹が言うと、先生はにっこり笑った。

「お願いね」

どうやればいいのかは心配いらなかった。いま、先生がしてくれたとおりにすればいいのだと、美樹はわかっていた。

先生はゴムで髪をアップにした。その可愛らしさに思い切り抱きしめてしまいそうになったが、さっきの手順どおりに先生の体にシャワーをまんべんなくかけ、ボディソープを手に取った。

「先生、明日《あした》も会えますか」

首筋から洗い始めながら、美樹は聞いた。

「明日と明後日《あさって》はだめ。明々後日《しあさって》は時間ある？」

「今週はいつでも大丈夫です」

二日も会えないのかと思うとがっかりしたが、美樹は先生の乳房をボディソープで泡立てながら、こんなことができる喜びに打ち震えていた。

「じゃあ金曜日に会ってあげる。明日と明後日は絶対に自分でしちゃだめ。たくさんザーメンを溜《た》めておくのよ」

志保先生はそう言って笑った。先生が発するいやらしい言葉は、それだけで美樹を興奮させる。

本当は二日も溜めなくても大丈夫だし、どころか今日、こんなにすごい経験をして、オナニーをしないで済む自信がなかった。

美樹は先生の性器に指を這《は》わせた。先生は身をくねらせて、美樹の腰につかまるように手を回した。

「先生」

美樹は思わず先生を抱きしめた。先生の下腹部に、美樹の性器を押しつける格好になった。「命令」ではないことをしてしまって何と言われるか少し怖かったが、先生は美樹の胸にもたれかかってくれた。柔らかい胸の感触が嬉《うれ》しかった。

美樹はその格好のまま先生の背中や腰を手で洗い、泡を集めて次に肛門を指でまさぐった。志保先生はさっきとはまるで人が違ったように、「きゃっ」と可愛らしく驚いたような声をあげた。きっとまだ精液が残ってるかもしれないと、美樹は指の腹でそこをこじあけようとしたが、肛門はきゅっと閉じたままだった。

「いま敏感すぎるから」

志保先生が胸元で言った。美樹は「すいません」と手を引いた。

「先生の彼氏って」

美樹は志保先生を抱きしめたまま言った。

「すごい人なんですね」

「どうして？」

「だって、こんなに先生のこと、いっぱいいやらしくして」

嫉妬《しっと》と羨望《せんぼう》と、素直な感心の気持ちを込めて言った。志保先生はしばらく何か考えているような仕草をした後で、美樹を見上げた。

「彼に教えられたこと、いろいろやるのは嫌？」

正直に言えば、先生の言う通りだった。しかし、セックスをしたいという欲求と、今日叩《たた》き込まれた、まったく知らない世界を教えられる快感には、そんな嫉妬はまるで意味がなかった。美樹は首を横に振った。

「たとえその人が教えたことでも、僕は先生が知ってることや好きなことを、全部教えてほしいです」

それは、昨夜に続いて改めての「宣言」のようなものだった。先生は微笑んで、

「わかったわ」と頷《うなず》いた。

「キス、していいですか」

美樹がおずおずと頼むと、志保先生は上目遣いになって、ぷっくりとした唇を少し開いた。美樹はむしゃぶりつくようにその唇を吸った。

＊＊＊

志保先生に命令されたとおり、その後の二日は自慰を我慢した。

しかし先生の部屋から帰った夜は、すでに四度射精しているのに、すぐにまた自慰をしてしまっていた。先生は「明日と明後日」と言ったので、今日はまだいいだろうと都合のいいように解釈して、今日自分に起きたことを思い出したら、ほんの数秒しごいただけであっという間に射精してしまった。

翌日と翌々日は家から一歩も出ず、美樹は二学期のテキストの予習に没頭した。成績を落とすわけにはいかなかったし、何よりも、ほっといても硬くなる性器を鎮めるには、勉強に集中するくらいしか方法がなかった。

三日後、美樹は先生の部屋にまた一〇時ちょうどに訪れた。志保先生は真っ赤なエナメルのミニスカートに黒のキャミソールを着て、見たことがない色の濃い口紅をして待っていてくれた。めまいがしそうなくらい興奮したが、美樹はその姿を形容するのに、売春婦みたいだという言葉以外に思い浮かばなかった。スカートと太ももから目が離せなかった。

その日、美樹はまた四度射精した。

一度目は正直に、セックスをする前に、ちょっと何かをしただけで出てしまいそうですと告白した。すると志保先生は、一人でしてみせてと言った。美樹が躊躇《ちゅうちょ》していると、私もしてあげるわと微笑んだ。先生はベッドの上で足を開くと、美樹に見せつけるように、性器にバイブレーターを出し入れし、美樹を見つめたまま「おまんこ、気持ちいい」と喘《あえ》ぎ続けた。

志保先生は「私がいくまで、いっちゃだめ」と命令した。美樹はその姿を突っ立って見つめながら、自分の性器をゆっくりしごいていた。強く握るとそれだけで出そうだった。やがて先生が、「いくっ、鷺坂くんも、きて、ザーメンかけて」と叫んだ。美樹は鼻息を荒くして、すぐにベッドに飛び乗り、二度強くしごいた。溜めていた精液はどろっとした塊のまま、先生の首から胸にかかった。志保先生はそれを指ですくうと全部口に含み、美樹の性器もすべてきれいに舐《な》めとった。

二度目は、前回は途中で諦《あきら》めた、先生の体中に愛撫《あいぶ》をしてからセックスすることを、もう一度やらせてもらった。志保先生も美樹のやりたいことがわかったようで、今回は自分からは美樹を刺激しないように、やりたいようにやらせてくれた。

キスから始まり、首、胸、腰、そして腕や指の先まで、美樹は丹念に舐めていった。後ろを向いてもらって背中や尻《しり》や肛門にも舌を這わせ、太ももは軽く噛《か》むように味わった。ヘッドボードに背をつけてもたれた先生の足を、正座して持ちあげて、その指とその間を、一点の残りもないように自分の唾液《だえき》を塗りたくるように舐めた。

志保先生は「すぐ上手になったね」と褒めてくれた。「鷺坂くんがすごいから、もうこんなになってる」と開いた足の間には、ぐっしょりと湿った襞《ひだ》が、美樹を誘っていた。美樹はたまらずにその真ん中へと舌を突っ込んだ。先生が頭に手を添えて、せつない喘ぎ声を出してくれるのが嬉しくてしょうがなかった。

三〇分近くずっとその体勢でたっぷり舐めてから、美樹はコンドームを先生につけてもらって挿入した。なんとか、すぐに射精しないで済みそうだった。正常位で繋《つな》がったまま、手や舌が届くところを休みなく触って舐めた。先生は美樹のしたいようにさせて、きちんとその一所懸命な愛撫のひとつひとつに反応していた。

三度目で、志保先生は美樹に縛り方を教えてくれた。前回、美樹の手を縛ったロープは他にも長さの違うものがあった。その中のいちばん長い赤いロープを取り出し、先生は自分の首から股間《こかん》にかけて、美樹に縛っていかせた。亀甲《きっこう》縛りっていうのと先生は言った。胸や腰の肉に食い込むロープの六角形の網目は、痛々しさよりもいやらしさを感じさせる。

志保先生は「このまま私を犯してみたい？」と聞いた。美樹はすでに性器を硬くさせながら頷いた。すると先生は自分の手を後ろに回して、それを固定するように縛る方法を鏡越しに教えた。続いてベッドの上に座ると、膝《ひざ》を折った状態で、それぞれの足を固定するよう縛らせた。

目の前に、体の自由を奪われた先生が、妖《あや》しく微笑んでいた。美樹は激しく、しかし先生に怪我をさせないように細心の注意を払いながら、先生を「犯した」。同じセックスなのに、さっきとはまったく違う快感だった。

ロープをほどくと、志保先生はローションを持ってきて、これで優しくマッサージをしてとうつぶせになった。美樹は食い込んだロープの跡を愛《いと》おしく思いながら、先生の肌を指の先で堪能《たんのう》した。

四度目は前回同様、美樹はアナルセックスをねだった。美樹がそれを気に入ったことが、志保先生はどこか嬉しそうだった。先生は今回はジェルのような液体を持ってきて、それを肛門《こうもん》や性器に塗ってから、美樹に挿入させた。美樹は前後に動かしながら、先生の性器に指を突っ込んだ。先生の中のザラザラとした皮膚の向こうで、自分の性器が先生に包まれているのを感じた。

志保先生は隣の部屋にも聞こえるんじゃないかというくらい、はしたない嬌声《きょうせい》をあげて、髪を振り乱して絶頂を迎えていた。美樹はそんな先生に合わせるように、自分も声をあげた。

そしてそのすべては、やはりビデオに録画されていた。

さらに三日後、二学期の始業式の日になった。

その日の午後六時、先生の部屋に行く約束をしていたので、朝から美樹は有頂天だった。

おかげで美樹は、大事なことをすっかり忘れてしまっていた。

いつもの時間、いつもの電車、いつもの車両に、いつもの座席に、久しぶりの制服のスラックスと白のシャツ姿で、何も考えずに美樹は乗った。冷房が効いていることにほっとしながら、よっぽど浮かれていたのか、その後ろからずっと苑子が様子をうかがっていたことに気づかなかった。

「美樹」

電車が動き出してから、苑子は意を決したように近づいてきて、美樹に声をかけた。

「おう」

美樹は顔を上げて、そこに「幼なじみの」可愛い女の子がいることに気づき、普通に笑みを浮かべて言った。そんなフレンドリーな言葉を発してしまった後で、美樹はようやくそれが、「他の男に取られた彼女」だったことを思い出し、叫びたいくらいの恥ずかしさを味わった。

きっと美樹には無視されるか睨《にら》まれるかと思っていたであろう苑子も、美樹のその態度には面食らったようだった。

「おはよう……そこ、いい？」

「あ……ああ」

頷《うなず》くしかなかった。これまでとはまったく違う意味で、逃げ出したくなった。

苑子は最後に会ったときより、少し陽焼けをしていた。髪に少し緩やかなウェーブがかかっていて、これまでより大人っぽく見えた。ブラウスの胸元の膨らみが、皮肉なことにいまならどれくらいの柔らかさと大きさがあって、どれだけ魅力的なのかがわかった。

しかしやはり美樹の目は、制服のミニスカートから伸びる太ももにいってしまう。そこでふと思った。志保先生の太もももたまらなく魅力的だが、いろんなセックスをやらせてもらっているとき、そこだけに執着はしなかった。しかし、部屋に行ったときにミニスカートから見える足には猛烈に興奮していた。

ミニスカートと太ももの組み合わせに異常に反応するのだろうか？　思わぬところで、自分の思いもよらぬ好みがはっきりわかったような気がした。

「あの、さ」

苑子が言った。美樹の頭はすっかり別のところにいってしまっていて、慌てて目の前の苑子に集中した。苑子はやはり、きれいになっていると思う。悔しさが腹のどこかで湧き上がったが、それよりも、自分のほうがきっと苑子よりも大人になっているだろうという自信のほうが上回った。

　きっと苑子はそのうち、「美樹、なんかかっこよくなったね」とでも言うんだろうなと、そんなことを思っていた。

「何？」

「その、仁藤くんと、正式につきあうことに、なったの」

「あ、そう」

　不思議だった。怒りは確実にあるのに、それがいちばん素直な感想だった。

「怒ってるよね」

　苑子は伏し目がちになって、呟《つぶや》くように言った。確かに怒ってる。しかしいまは、苑子のその口ぶりが何だか気に食わなかった。

「まあ、ね」

　美樹は、忘れられない怒りと、いまの自慢したいくらいの余裕のバランスが取れずに、うまく返事ができなかった。もっと苑子を責めるなり、見下したりしたかったのだが、どうしてもそちらにまで頭が回らない。ふと、仁藤は奈美江にうまく話をつけたのだろうかと、他人事《ひとごと》のように思った。

「私、ここにいないほうがいい？」

　苑子が上目遣いで聞いた。下手に出ているが、美樹に頷いて欲しいのは明らかだった。

「そう、かな」

美樹は、これから苑子をいじめて楽しむことよりも、一人で志保先生のことを考えることの喜びを選んだ。それにしても、その返事はやはり自分でも間が抜けていると思った。

そして、苑子がいまの自分を見て何の感想も口にしなかったことに、美樹は苛立《いらだ》ちを感じていた。

苑子は「ごめんね」と席を立つと、隣の車両へと歩いていった。美樹はその太ももを見送りながら、今度話すことがあったら、思い切り泣かせてやりたいと思っていた。驚いたことにそれは、恨みだけではなくて、ゾクゾクするような思いつきだった。

駅から学校へ歩いていくと、日に焼けた同級生、上級生や下級生が、友達を見つけては駆け寄っていった。

その姿は、ほんの一月半前とはまるで違って見えた。俺は志保先生とセックスをしたんだという、優越感も感じたが、仁藤や苑子のことを思い出し、こいつらもとっくにそんな経験をしていたのかなと、不思議な気持ちのほうが大きかった。

苑子と寄り道した城址《じょうし》公園が、道路の向こうにあった。ふと、甘酸っぱい何かが胸にこみあげてきたが、その気持ちよりは、これから校門のところにいるかもしれない志保先生への思いが上回った。

そんな風に何かを考えたり思ったりすると、またすぐに次の感情や思考が訪れて、きっと端から見れば美樹はころころ表情を変えていて、不気味だったに違いない。

実際に志保先生が校門で出迎えていたらどうしようかと、近づくにつれ鼓動がどんどん速くなった。しかしそこにはいなかった。美樹はがっかりしながらも、ほっとして、まばらな松の木の間を校舎のほうへ歩いていった。蟬の鳴き声が一層強くなった。

そのとき、視線の端に志保先生がいた。先生は終業式と同じ、地味なスーツを着て眼鏡をかけていた。何か始業式用のものでも入れているのか、段ボールを抱えて、体育館のほうへ歩いていくところだった。小柄な先生が荷物を抱えていると、本当に小さな女の子のように見える。

「アナルを犯して」と、涎《よだれ》を垂らしていたあのいやらしい人は、そこにいなかった。

美樹は体育館へ入っていく「しほしほ」の姿を、妙な気持ちで見送った。

その後も美樹はどうしても先生を意識してしまい、クラスの田島たちに「何ぼけっとしてんだよ」と背中を叩《たた》かれたが、志保先生は表情ひとつ変えず、美樹に何かの目《め》配《くば》せをすることもなく、いつもどおりの「しほしほ」だった。

教室にいると、四〇代の男の担任だけが入ってきて、簡単な挨拶《あいさつ》と連絡をすませると、全員体育館へ行くように指示した。志保先生は体育館で式の準備をしていた。グレイのスーツで、先生の胸も尻《しり》も太ももも、美樹が知ったいやらしい曲線はすべて隠されていた。それでも、自分はそれを知っていると思うと、ムズムズして鼻が膨らんできてしまう。

校長と三年生の学年主任が話している間に、美樹は教師の二列目に座っている志保先生の横顔をずっと覗《のぞ》き見ていた。こんな場所なのに、思わず勃《ぼっ》起《き》してしまいそうだった。今日この後、あの人と自分はセックスするんだと思うと、壇上にあがって叫びたい誘惑にすらかられた。

始業式後のホームルームでは、志保先生は副担任として教室の後ろに立っていた。振り返ることはできなかったが、背中にセンサーでもあるかのように、美樹は先生の気配を必死に感じようとしていた。

担任が「以上」と告げ、学級委員が起立、礼と号令をかけると教室中に、思い思いに会話する声が始まった。

「しーほしほ」

後方の席に座っていた女生徒が二人、志保先生に話しかけると、前のほうからも四人組が寄ってきて、先生はあっという間に囲まれてしまった。

「ごめーん、職員会議なの」

自分よりも背が高い生徒たちを見上げながら、志保先生は言った。

「えー、もう行っちゃうのー」

「夏休みどっか行った？」

女生徒たちは出口を塞《ふさ》ぐようにして、嬉《うれ》しそうにはしゃいでいた。美樹からはほとんどその姿が見えなかった。

「行ったよー、アメリカ」

志保先生が言った。

「え、なにそれ、しほしほ、豪華なんですけど」

「つーか男？」

まわりがどよめいているとき、美樹も驚いていた。そしてすぐに、どうしてアメリカに行ったのかがわかった気がした。

「うん男と……って、うそ。弟だよ」

「なにそれ、ブラコン？」

「違うよ。弟がいまアメリカにいるから、住んでるうちに遊びに行っておこうって……って、ブラコンかな？」

志保先生がそう言うと、皆が笑った。美樹は、留学中の弟がいるという話を覚えていたので、その答えが先にわかったことが嬉しかった。しかし、アメリカに行ったこと自体を知らなかったことに、少し悲しい思いもしていた。

やはり、こんな些細《ささい》なことでもいくつかの思いが折り重なってきて、美樹の心を乱してしまう。

「なーに溜息《ためいき》ついてんのよ、ミッキー」

また田島に背中を突っつかれた。

「そんな年頃なんだよ」

美樹はすかさず軽口を叩いた。

「どっか行く？　塾？」

「五時まであいてる。どこ行く？」

「んー、金もないし、ウチでも来る？」

「わかった。とりあえず何か食うか」

美樹はバッグをかついで立ち上がりながら言った。

ちょうどそのとき、「遅れちゃうよー」と、志保先生が女生徒たちの輪を抜け出して駆けていき、すかさず「ほら、しほしほ、廊下は走らない！」とからかわれていた。

美樹はそちらを見ないようにするのに必死だった。

≡≡＝

少し前から近所をうろうろして、六時ちょうどに志保先生の部屋のチャイムを鳴らした。エレベーターに乗った瞬間から、もう美樹の性器はガチガチに硬くなっていた。ドアが開くと、志保先生はさっきまでの「しほしほ」と同じ格好でそこに立っていた。黒ぶちのウェリントン眼鏡に、無造作なポニーテール。化粧はたぶん、ほとんどしていない。地味で少しオーバーサイズの、膝丈《ひざたけ》のグレイのスーツの下には、ごく普通の白のブラウス。学校では気づかなかったが、これだけ暑いのにちゃんとストッキングもはいていた。

「帰ったばっかりだったんですか」

美樹は、この部屋に「しほしほ」がいることに不思議な感じがして、照れて聞いた。

「ちょっと前にね。鷺坂くん、このままのほうが喜ぶかなと思って着替えないでおいたの」

志保先生はふっと笑った。もうこの人には何もかなわないんだと、美樹は改めて思った。先生の言う通りで、地味な先生にも、ものすごく欲情していた。

美樹はスニーカーを急いで脱いでバッグをその場に放り投げると、玄関先で志保先生を抱きしめ、その唇を奪うように自分の唇を重ねた。先生はすぐに口を開いて、生暖かい舌に、唾液《だえき》をたっぷり含ませて、美樹の舌を迎えてくれた。

志保先生は美樹の背中に手を回した。じっとりと汗ばんでいたが、嫌がることなく愛撫《あいぶ》するように指を這《は》わせた。美樹も真似をして、先生のスーツの中に手を入れ、先生の背中や腰をまさぐるように触った。

「お尻、触って」

志保先生はそう言うと、先に自分から美樹の尻を、優しく揉《も》むように触った。すべて先生が教えてくれる。美樹は先生の尻に手をやった。しかしそこでふと思って、スカートを乱暴にたくしあげると、ストッキング越しに先生の尻を強く揉んだ。

「んふぅっ」

ぴちゃぴちゃと重ね合った唇の隙間から、先生の甘い吐息が漏れた。美樹は先生の尻をまさぐりながら、おそらくTバックなのか、とても細い下着をつけていることに気づいた。

「って……」

志保先生が何か言った。美樹は一時も離れたくなかったが、唇を少し離した。先生はいつのまにか妖《あや》しい目つきになっていた。

「破って。かまわないから」

そう言うと、志保先生は美樹の汗をかいている首筋を、べろっと大きく舌を出して舐《な》めた。美樹はゾクゾクして座り込みそうになるのを我慢して、前屈《かが》みになって、先生の言う通り、尻のストッキングを摑《つか》むと、力任せに左右に引っ張った。ビリッという音と、続いてピリピリと破けていく音がした。美樹は大きく残っている部分を続けざまに三回、引き裂いた。先生の尻から太ももにかけて、ビリビリになったストッキングが残った。

破かれている最中も、志保先生は首筋や鎖骨に舌を這わせながら、「あああああ」とせつない喘《あえ》ぎ声を漏らした。美樹の性器は制服のスラックスに曲がった形で押さえつけられていて苦しかった。

美樹は先生の尻をぎゅっと近づけるようにすると、破れたストッキングとショーツをかきわけて、指を滑り込ませた。性器のまわりは、汗で蒸れたような熱を帯びていて、ベトベトになっていた。その先の性器は、その汗と先生の中から溢《あふ》れ出たもので驚くほど濡《ぬ》れていて、くちゃくちゃと卑猥《ひわい》な音を立て、二つの液体が混ざり合ったつんとした匂いが立ちこめてきた。

志保先生の手が、苦しそうにしている美樹の性器をまさぐると、ベルトを外し、ファスナーを下ろして、スラックスが自然と足元へ落ちていくのにまかせた。そしてトランクスに手をかけ、一気に引き下ろした。ようやく自由を得たかのように、美樹の性器がそそり立った。

「上も、引きちぎっていいわ」

志保先生は上目遣いで美樹に囁《ささや》いた。

「いい……んですか」

いちばん上のボタンだけ開けていて、胸元は隠してある先生のブラウスに目を落とし、さすがに美樹は聞き返した。

「好きにしていいの」

志保先生はそう囁くと、胸を突き出すようにした。美樹は呪文《じゅもん》をかけられたように先生のブラウスに手をかけると、二つ目のボタンから下へと、思い切り左右に引っ張った。ブチッという音を立てて、ボタンがまとめて四つ飛び散った。

ストッキングを破くのも、ブラウスを引きちぎるのも、そんな行為があることすら想像もしていなかったのに、美樹はくらっとするような快感が体を貫いているのを感じた。

見下ろすと志保先生は薄い紫の、乳輪をかろうじて隠しているような、ほとんど紐《ひも》のようなブラジャーをしていた。美樹は驚いて聞いた。

「これで今日……」

「興奮した？」

美樹は唾《つば》をごくりと飲み込んで頷《うなず》き、屈み込むと、その柔らかい乳房にしゃぶりついた。舌でブラジャーをずらし、乳首の突起を口に含むと、しょっぱい汗の味がした。

美樹はそのとき自然と、ブラウスや上着をぎゅっと押し上げて、脇のほうへと舌を這わせた。先生の汗の匂いが鼻腔《びこう》に広がった。臭いはずなのに、なぜかそれをずっと嗅《か》いでいたくなった。美樹は大きく口を開けると、脇をすべて口の中に収めるように、しゃぶりついた。志保先生は嫌がらずに、ブラウスを肩からずらして手をあげ、美樹が舐めやすいようにすると、その舌の動きに合わせて、「ああっ、それ……」と小さく、しかし深く喘いだ。

「私の口に、ちんぽぶちこんで」

美樹が思う存分舐め尽くしたころを見計らって、志保先生が美樹の耳元で囁いた。

美樹は慌てた。仮性包茎の美樹は、こんな日に皮を剝《む》くと、自分でもうっとなるような匂いを発することはよく知っている。どころか、さっきから汗や唾液や先生の性器の匂いにまじって、露出した亀頭のまわりあたりから、自分の汗混じりの異臭が漂っていることに気づいていた。

「すごい汗かいてるから、臭いです」

美樹は正直に言った。ここから先はシャワーの後にしたいという意味だった。

「臭いちんぽ、そのまま入れて」

しかし志保先生はそう言うと、美樹を壁にもたれかからせるようにして、その前に膝《ひざ》をついてしゃがんだ。

「臭い」

志保先生は亀頭の先を指でつんと触りながら、どこかうっとりしたように言った。

「だからそれ……」

美樹が腰を引こうとしたタイミングで、志保先生は「はあぁっ」と甘い声をかけながら、美樹の性器をぐっと口の中まで含み、美樹の腰を両手で逃げないように抱え込むようにした。

「だめ、それ……」

美樹は思わず志保先生の頭を摑んで、天井を見上げて叫んだ。先生の温かくぬめぬめしている口の中で、自分の性器も匂いも欲求も、すべて包まれたような幸福感と快感、そして恥ずかしいことも全部預けられた妙な解放感を味わった。

志保先生は、しばらく美樹の感触と匂いを堪能《たんのう》するようにそのままで舌だけを激しく絡め、くぐもった喘ぎ声を美樹の性器に直接かけていた。

「ごめん、先生……」

美樹は体をよじらせながら、また情けない告白をしなくてはならなかった。

「出ちゃいそう？」

実際は美樹の性器をくわえたままなので、もごもごとしか聞こえなかったが、志保先生は上目遣いで聞いた。

「はい、ごめんなさい」

「このまま出していいよ。それとも、私のおまんこ、犯したい？」

予想していない答えだった。

「おまんこに、少しでも入れたいです」

美樹はどんどん性器に集まってくるものを必死に堪《こら》えて答えた。すると志保先生は、口から性器を離すと、上着のポケットからコンドームを取り出した。先生は全部見通していたのかと、美樹は驚きと感心と興奮を同時に覚えた。

志保先生はいつものように、あっという間に美樹の性器にぴったりとコンドームをかぶせた。

「好きなときに、出していいからね」

志保先生はそう言うと、壁に手をつき、体を斜めにして、玄関側に尻《しり》をつきだした。

美樹はその後ろに回り、スカートをめくりあげると、先生の白い尻を持った。ビリビリに破けたストッキングは、実際に見るとより興奮した。美樹はそのストッキングと、ブラジャーと揃いの薄紫色の紐のようなショーツをずらすと、位置を確かめることもなく、一気に志保先生の性器に、はちきれそうな自分の性器を突き刺した。

「すごいっ」

志保先生が叫んで、床に倒れ落ちそうなくらいに、上半身をビクンと震わせた。美樹はその小さな体を抱えるように手を回した。もう美樹も限界だった。

「ごめんなさい、もういっちゃう」

美樹は叫んだ。

「おまんこ、いくっ」

志保先生が叫ぶのと同時に、美樹はその体が少しも離れないように、ぎゅっと動けないくらいに抱きしめて、「うわあああ」と声をあげながら射精した。先生の体は、波打つように動いた後で、美樹から体を離し、ゆっくりと床にうずくまった。

先生の性器から、美樹の性器と、たっぷり精液の溜《た》まったコンドームが外れ、だらんとだらしなく垂れた。あらゆる液体が混じり合った匂いが、玄関の空間すべてを満たしているようだった。

どこまで匂うのだろうと、ふと部屋のほうへ目をやった。美樹はその瞬間、すっと背筋に冷たいものが走った。

目の前には、三脚に設置されたビデオカメラが、静かにこちらを向いて、赤いライトを光らせていた。

一緒にシャワーを浴びながら、先生はまた手で美樹の体を洗ってくれた。美樹もその後で、やってもらったように丹念に先生の体を洗った。

「さっき、すいませんでした」

「なに？」

美樹が言うと、志保先生は可愛らしく小首を傾げた。

「破っちゃって……」

すごく興奮していたことはきっと先生は気づいているだろうと思って、そこは言わずに美樹は頭を下げた。すると志保先生はくすっと笑った。

「私がしてって頼んだんだよ」

「先生、ああいうの……」

美樹は跪《ひざまず》いて志保先生の足を洗いながら、顔を見上げた。

「すごく興奮するの」

志保先生は美樹の質問をきちんと理解して微笑んだ。

「でも安心して。最初からちゃんと古いストッキングと、去年のブラウスにしておいたから」

志保先生はいたずらっ子のように微笑んだ。美樹は返す言葉がなかった。

その後、一緒にごはんに行きましょうと志保先生が誘ってくれて、先生のソアラで出かけた。その誘いは嬉《うれ》しかったが、美樹はずっと、また先生の部屋に戻ってセックスさせてもらえるのかが心配だった。

志保先生は、花柄のラフなワンピースに、肩に羽織るような紺のボレロカーディガンと、低いヒールに花柄があしらわれているサンダルという格好に着替えた。

絶対に誰にも会わないところに行かなくちゃねと、先生がクルマを走らせて連れていってくれたのは、びっくりしたことに国道沿いのひなびたラーメン屋だった。「ここ、意外とおいしいのよ」という先生は、その小さな体に似合わず、餃子《ぎょうざ》をちゃんと一人前と、もやしラーメンを残さずたいらげた。

美樹はそんな先生の姿を、二人っきりで、目の前で独り占めしていることに、涙が出そうなくらいに感動していた。志保先生は「お腹いっぱーい」と、無邪気にお腹をさすった。

美樹は同時に、先生の恋人に猛烈に嫉妬《しっと》を覚えていた。セックスに関しては太刀打ちできないという諦《あきら》めがあるから、本当は嫌だが我慢できるところがあると思う。しかし、こんなに可愛らしい女性とこうしている時間を、その男が自由にしていると思うと、別の意味で泣きそうになった。また、先生に対してはひとつの感情では収まらないことを、美樹は思い知った。

食べている間に、先生は美樹の塾の予定と家の様子を聞いた。美樹は口うるさい母親のことも、なるべく正直に答えた。そして今後二人で会うとしたら、土曜日の夕方からの塾の前の時間に、または塾の授業がない日に、親には自習室を使って勉強しに行くという名目で出かけたときにしましょうと、先生が決めた。

美樹はその三日、すべて会いたいと思ったが、先生はこれからは週に一度くらいにするわと、あたりまえのように言った。先生の「命令」は絶対だったので、美樹は頷《うなず》くしかなかった。先生も自分もＰＨＳも携帯電話も持っていなかったので、先生は伝言サービスという公衆電話でメッセージを吹き込んだり聞いたりできるサービスのやり方を教えてくれた。

ラーメン屋を出ると、志保先生は「送っていくわ」と言った。美樹はまたしても、三つ目の意味で泣きそうになった。

「先生、もう帰らないとだめですか」

美樹はソアラの助手席に座ってから、思い切って聞いてみた。志保先生はエンジンをかけ、エアコンを最大にしながら美樹を見た。

「どうしたいの、鷺坂くん」

「もう一回、したいです」

「いやらしく言って」

志保先生はシートベルトを締めながら、目を見つめて言った。美樹はそのとき、ふと「エデュケーション」という英単語を思い出していた。

「先生に、ちんぽしゃぶってもらいたいです。おまんこにいれたいです」

美樹が言うと、志保先生は嬉しそうに微笑んで、ギアを入れてアクセルを踏んだ。

志保先生は、美樹の家のほうだが、微妙にずれていく道路にソアラを走らせていった。確実に志保先生の部屋のほうを背にしている。美樹は何度も本当にもう一度やらせてもらえるのか確認したかったが、しつこいように思われるのが怖くて黙ってほとんど対向車もない暗い道の先を見つめていた。

やがて志保先生は、既に営業の終わっているゴルフ場へと入っていった。美樹の家から五キロほどの距離にあるところだった。なぜか大仰なゲートがある入口は閉じられていなくて、先生は迷うことなくクルマを走らせていき、やがて大きな駐車場が現れると、その隅で止めてエンジンを切った。

「ここって……」

「夜、誰もいないんだよ。すごいでしょ」

志保先生は楽しそうに言った。美樹はこんなところに二人でいられる喜びよりも、先生がこんなところを知っている理由に嫉妬と、先生の彼氏に敵《かな》わない寂しさを感じていた。

クルマを降りると、先生はメインゲートとは離れたところにある、「キッズゴルフ」

と書いてある小さなゲートをくぐって進んで行った。その名のとおり、小さな子供が遊びでやるような、小さなグリーンや、坂道や起伏で作られた小コースがいくつかあった。直接ライトは当たっていないが、メインゲートに設置されていて、営業時間後もついている二つの巨大な照明のおかげで、ぼんやりと全体は照らされていた。

トートバッグを持っていたので何が入っているのかと思ったら、志保先生はビデオカメラを取り出した。美樹はまたぞくっとしたが、なぜか、もう撮る理由を聞けなくなっていた。

志保先生は小さなグリーンの脇にカメラを設置すると、録画ボタンを押して戻ってきた。先生もなぜ撮るのか、いっさいそのことには触れなかった。

「ここで犯して」

志保先生はそう言うと、グリーンに後ろ手をついて座って、美樹を潤んだ目で見上げ、ワンピースをたくしあげながら、ゆっくり足を開いた。美樹はじっとりと汗をかきながら、吸い込まれるようにその中へとふらふらと進んでいった。

志保先生はきちんと、週に一度、美樹に会う時間を与えてくれた。

九月はその四回で、美樹は志保先生がキャビネットに入れていた道具のほとんどの使い方を教えてもらった。

穴の開いたピンポン玉のようなものがついているのは、ボールギャグといい、それを口に押し込んでベルトで固定するものだった。美樹は言われるまま、先生にボールギャグと首輪と、黒い革製の目隠しをつけた。そして腕を拘束するラバーと手錠をつけると、バイブレーターを性器に、アナルビーズという名前だと教わった、ビー玉のようなものが五つ連なったものを、肛門《こうもん》に入れ、先生を責め立てた。

そういう行為で加虐的な気持ち良さを感じる自分が少し怖くなったが、そもそもこれは志保先生の命令だと思うと、自分が責めているのか、下僕のように使われているのかがわからなくなった。ひとつだけはっきりしていたのは、ボールギャグから溢《あふ》れる涎《よだれ》と、苦悶《くもん》と快感が入り交じった先生の声に、どうしようもなく勃起《ぼっき》してしまうということだった。

三種類の鞭《むち》の使い方も教えてもらった。本当にミミズ腫《ば》れになるまで責めるときの打ち方と、赤く腫れる程度に抑える打ち方の違い、一本鞭とバラ鞭の違いも知った。志保先生はこれでいたぶられるのが好きなのと言ったが、翌日の学校のことや、美樹がまだ慣れていないこともあって、きちんと強く打たせることはさせなかった。

エナメルや革のボンデージと呼ばれる拘束着のようなものがたくさんあって、美樹がおずおずと頼むと、志保先生はすぐにそれを着けてくれた。小柄で柔らかい雰囲気の先生が、コルセットをつけて、肘《ひじ》まで覆うラバーグローブをつけると、美樹はまた、先生の新しい姿を見つけたような気持ちになって、そのまま手と口であっというまに射精まで導かれた。

そんな風にして美樹は、一か月後には志保先生の目線だけで今日は何を使うのかを察し、それをいちばんいい形で使えるようになって、亀甲《きっこう》縛りや腕や足のロープの固定は、先生がびっくりするくらいの早さとうまさでできるようになっていた。

そういった特殊な道具に限らず、志保先生はいつもいやらしい下着をつけていて、同じものは見たことがなかった。「集めるのが趣味みたいなものだからね」と先生は言った。美樹がショーツを着けたままするることが好きなのを先生はすぐに気づいていて、性器を挿入するときも、美樹が舌で愛撫《あいぶ》するときも、脱がずにおいてくれることが増えた。

あるとき、行為を終えて息を整えながら、美樹はふと思ったことを口にしてみた。

「ああいうのを使うのとか、下着をいっぱい持っているのとか、やっぱり美術の先生なのと関係あるんですか？」

志保先生は考えたこともない質問だったようで、しばらく「うーん」と唇をつきだすような素振りをしていたが、やがてふっと優しい笑みを浮かべて言った。

「関係ないと思うよ」

一〇月の二週目になると、来週に迫った北海道への修学旅行の話題でクラスが盛り上がり始めていた。美樹にとっても、クラスの女子全員、そして口には出さないがかなりの数の男子にとっても、志保先生が同行しないことがショックだった。教師としての雇用のされ方の違いによるらしいが、皆が一様に「えー」とがっかりした。

美樹だけは、違う意味でがっかりしていて、そしてやはり、そんな風に二年生全員が浮かれている旅行先で、先生に触れるどころか個人的な会話もできないことはきっとつらかっただろうと思うと、妙に安心をしてもいた。

明日が祝日で、先生が久しぶりに午前中から夕飯前の時間まで会ってくれるというので浮かれていた水曜日、美樹が塾から出てくると、そこにいつかのように奈美江が待っていた。

「美樹先輩」

「ああ……どうした？」

「どうしたって……」

奈美江は腰に手を当てて呆《あき》れたように溜息《ためいき》をついた。

駅前のミスタードーナツに入って、美樹がコーラをおごってあげた。

「たぶん今日も、あそこで憲和、苑子先輩とやってるよ」

カラオケパークのことを指していることに気づくのに、少し時間がかかってしまった。そして苑子が仁藤の上にまたがって腰を振っているイメージがすっと浮かんできて、美樹は思わず興奮しそうになった。しかしそれは、自分と志保先生がしているような激しくていやらしいセックスだった。きっと、あの連中はそんなにいいセックスはしていないだろう。恨みや憎しみも湧き上がったが、興奮とそんな妙な自信が、それを心のどこか違う箇所に追いやってしまった感じだった。

「そっか」

「そっかって、先輩それでいいの？」

美樹があまりにも素っ気ないので、奈美江は乗り出すようにして聞いてきた。派手な格好で気づかなかったが、近くで見ると、可愛らしい顔をしている。そんな風に余裕を持って女の子を見られるのも、志保先生のおかげなんだろうと思った。

「しょうがないんじゃないの。好きでやってんだろうし」

「もういいの？　苑子先輩のこと」

「もういい、かな。まあ正直、あんま興味ない」

美樹は言った。言った後で、それが本心だということに気づいた。

「私はまだ、諦《あきら》めてないよ。こないだも憲和とやったし」

「そうなの？」

美樹は驚いた。苑子は仁藤と正式につきあうことにしたと言っていた。しかし仁藤は、まだ奈美江と関係を続けている。

「別れ話はされたけど、だってあたしと憲和、昔からずっと一緒だもん。諦めなかったよ、先輩みたいに」

奈美江は少し非難するようなニュアンスで言った。美樹はこれまで、幼なじみの彼女を年下男に取られた、間抜けな寝取られ男だと思っていたが、奈美江にしてみると、そこで取り返そうとしないのが納得できないらしい。

「じゃあ、あいつはいま二股《ふたまた》だ」

美樹が言うと、奈美江は明らかにむっとした顔をした。

「美樹先輩、意外とデリカシーないね」

「ああ、すまん」

謝った後で、いったいこれはどんな状況なんだと、なんだかおかしくなった。

「それで、あいつは何て？」

「憲和はごめんって。苑子先輩が好きでつきあってるって。でもわたしともやっぱりやりたいって」

「都合いいねえ」

「わかってるよ、そんなこと」

美樹が呆れると、奈美江はすかさず遮るように言った。

「でも私、絶対に苑子先輩から、全部奪い返すの。決めたの」

美樹はつい、「怖《こえ》え」と言いそうになったが、なんとか耐えた。そしてそのとき、ふとある思いつきが頭をよぎった。

「いま、あいつに連絡すると、いつも会えるの？」

「無理だよ。ほとんどあの二人、一緒にいるもん。でも夜は苑子先輩が帰るから、このあいだは遅くに久しぶりに電話で話して、そのまま会おうかってことになった」

「じゃあ来週は、たっぷり会えるね」

「来週？」

「二年、修学旅行だから四日いないよ」

美樹が教えると、奈美江は嬉《うれ》しそうになる顔を必死に堪《こら》えるような仕草をした。

「そのときにずっと会ってればいい。その感じだと、苑子がいないなら、あいつも断らないだろ」

「うん」

奈美江は素直に頷《うなず》いた。

「それで頑張って関係を戻すようにすればいいし、あと、うまくいくかわからないけど、ひとつアイデア」

「何？」

美樹は自分が思いついたことにおかしくなって、笑みを浮かべて言った。

「タイミングを見て、あいつのPHSから、苑子に電話する。苑子が北海道にPHS持ってってるか、出られるのかもわからないけど、もし出たらそこで、一緒にいてヨリ戻したとでも言っちゃえば？　どうなるか保証しないけど、まあ後で二人はそこそこ揉《も》めるだろうし、苑子も気が気じゃなくて、修学旅行どころじゃないだろ」

我ながら意地悪だなと思ったが、奈美江は美樹の提案に目を輝かせていた。

「ありがと、美樹先輩」

奈美江がぺこりと頭を下げた。美樹は悪い気はしなかった。

≡≡≡

翌日、久しぶりに会った志保先生は、美樹が前々からリクエストしていた剃毛《ていもう》をやらせてくれ、その体をロープで縛ってセックスをした。

「そういえばもうすぐお誕生日でしょ」

全部で三度の射精をして、帰り支度をしているときに、Ｔシャツの上にパーカーを羽織りながら、志保先生が美樹に言った。

「うん。知ってたんですか？」

「一応、副担任だからね。何か欲しいものある？　あんまりすごいプレゼントはあげられないけど」

美樹は先生が誕生日を考えてくれていただけで嬉しくて飛び上がりそうだったが、剃毛に続いて、前からリクエストしたかったことを言うチャンスだと思った。

「二つあるんだけど……ひとつは、先生の下着が欲しい」

美樹は言ってから真っ赤になった。志保先生が無言のまま何も返事しないので、慌てて言葉を足した。

「古いのでいいです。もうはかないのでも」

「それで何するの？」

志保先生は美樹をまっすぐ見据えて言った。

「えっと、オナニーするときに、欲しいんです」

「どうやって使うの？」

「匂いを嗅《か》いだり、直接、ちんぽに巻いてやったりしたいです」

美樹は正直に言った。するとしばらくして、志保先生は微笑んだ。

「一枚じゃ足りないんじゃないの？」

「かも、しれないです。でも一枚でも、ずっと大事にします」

志保先生は、美樹の返事に満足そうに頷いた。

「もうひとつは？」

美樹は一度ごくりと唾《つば》を飲んだ。笑われてしまうかもしれないし、もし頷いてくれたら、いまからそれを想像してすぐに勃起《ぼっき》しそうなことだった。

「先生の、高校のときの制服姿が見たいです」

美樹は思い切って言ってみた。志保先生はまた黙って、美樹のほうをじっと見つめた。美樹はなんとかその短い静寂に耐えた。

「見るだけでいいの？」

美樹は首を横に振った。

「制服の先生と、セックスがしたいです。だめですか」

志保先生はまたふっと笑った。

「いいわ」

「制服、持ってるんですか」

美樹はガッツポーズしそうになるのを堪えながら聞いた。

「私の彼も、それ好きなのよ」

先生がここまではっきりと、恋人のこととその行為のことを口にするのはめずらしかった。美樹は願いが叶《かな》った嬉しさを、「追いつけない何か」が追い抜いてしまいそうで怖くなった。

早々にバッグを肩にかけると、「ありがとうございました」と先生の部屋を出て、大きく深呼吸した。


志保先生は同行しなかったが修学旅行は田島たち男友達とばか騒ぎしてひたすら楽しかったし、修学旅行から帰った後の土曜日は一〇日ぶりに先生に会ってセックスをした。その後はまた二週間、先生に会えなかったので、その間は会える日を待ちわびつつ自慰に耽《ふけ》るか、他の時間は勉強に没頭するかだった。そして二週間ぶりのセックスは、文字通り狂ったようにやりまくった。

そんな日々を過ごしていたおかげで、美樹は奈美江と話したことすら忘れていた。しかも久しぶりに会った志保先生に「特別なもの」をもらって、美樹はふと気を抜くとニヤニヤしてしまっていた。連休明けの火曜日、田島と話しているときもついそのことを言い出してしまいそうだった。

そんな状態を堪えて美樹が田島と一緒に帰ろうとすると、校門の脇で苑子が立っていた。仁藤と待ち合わせでもしているのかと思ったが、美樹を見つけると、小さく手を振って、話したそうな顔つきをしていた。

いい話ではなさそうだった。

「なんだ、みきちゃん。彼女お待ちかねじゃん」

「違うって」

「いいのいいの。ほんじゃ、デートとお勉強、恋に受験に頑張って」

田島はまだ美樹が苑子と別れていることを知らない。気を使ったのか、美樹に続いて苑子にも大げさに手を振ると、一人先を歩いていってしまった。

「美樹……」

「何？」

目を伏せながら話しかけてきた苑子に、美樹はなるべく普通のトーンで答えた。

「ちょっと時間あるかな」

「この後、塾なんだ。少ししかない」

「少しでいいから……話、聞いてくれないかな」

そのときになってようやく、奈美江と話したことを思い出した。苑子の話はその顛《てん》末《まつ》なんだろうなと予想して美樹は溜息《ためいき》をついた。

結局、美樹と苑子は、一学期の終業式以来三か月ぶりの、城址《じょうし》公園に寄った。相変わらず平日は閑散としていて、そのぶん、大量の鳩が遠慮なくあらゆる場所をのびのびと歩き回っていた。

かつての習慣で、いつも二人で座っていたベンチに座った。苑子は話しづらそうにしていたが、美樹はあえて優しい言葉をかけず、時間を気にするようにカシオの腕時計に目をやった。

「私、振られるかもしれない」

苑子が言った。もしかしてとは思っていたが、奈美江に伝授した作戦が功を奏したのだろうか。

美樹はあえて何の相づちも打たずに、苑子に喋《しゃべ》らせることにした。

「なんか会う回数が減ったなって思って、彼に、その、聞いてみたら、なんでもないって言うんだけど、それ、きっと何か隠してるんじゃないかって、でもどう聞いたらいいかわからなくて」

要領を得ない話し方に、美樹は少しイライラしてきた。苑子はもっときちんとした言葉遣いではっきりと喋れる女の子のはずだった。

「で、結局？」

美樹はなるべく優しい口調で聞いたが、苑子はビクッとしたようになって、一度大きく深呼吸した。横目で見ると、カーディガン越しに苑子の胸が上下して、美樹はどんな形をしてどんな乳輪の色をしているんだろうと、そんな余計なことを考えてしまっていた。

「たぶん、彼、前の彼女とまたつきあい始めてると思う」

苑子はそう言うと、バッグからハンドタオルを取り出して、目を覆った。

修学旅行中の「作戦」を、奈美江がどこまで実行したかはわからないが、その期間に何かしらの進展があったのは間違いないようだった。

「それで、その話を何で俺に？」

美樹は聞いた。すると苑子はタオルを顔から離して、美樹のほうを見た。その視線は、なぜそんな質問をされるのかわからないと告げていた。

「そう……だね。美樹に相談することじゃなかったね」

口ではそう言っているが、苑子が明らかに、自分を裏切ったことはさておいて、仲良しの何でも話せる幼なじみに甘えているのが美樹にはわかった。その瞬間、猛烈に腹が立ってきた。

「そう思うけど。誰がどう考えたって」

「ごめん……」

美樹が突き放すように言うと、苑子はそう呟《つぶや》いて、またタオルを顔に押しつけた。

「自業自得なのかな」

やがて苑子がぽつりと言った。美樹は腕時計に目をやってから言った。

「わかんないけど、そうなんじゃない」

「やっぱり悪いのは私?」

「聞かないとわからないの?」

美樹は少し強く言った。まさか、自分に慰めてもらえるとでも思っていたのかと思うと腹が立ってきて、さらに苑子がそんな馬鹿みたいな女だったことに、苛立《いらだ》った。

「ひどいよ……」

気づくと苑子が泣いていた。きっと、三か月前の美樹だったら慌てただろう。しかし美樹は、なんだかそんな苑子が浅ましく思えて、気づかなかった攻撃的な気持ちがどんどん溢《あふ》れてきていた。

「ひどいって何が?」

「だって……悪いことしたかもしれないけど、そんな言い方……」

「したかもしれない、じゃなくて、したけど、でしょ」

「え……」

「その男はどうでもいいけどさ、彼女が可哀想じゃん。仲良くやってたのに、酔った勢いでやっちゃうような女に取られて」

苑子の体はピタリと止まった。美樹を驚いたように見つめたまま、声も出さずに、涙がポロポロとこぼれてきていた。

「でも毎日やりまくったんでしょ。じゃあそろそろ彼女に返してあげてもいいじゃん」

涙をこぼしながらも、苑子の目に怒りの色が少し滲《にじ》んできていた。

「いいな、その男。可愛い彼女と可愛い苑子を二股《ふたまた》なんて、羨《うらや》ましすぎて涙が出るよ。それにひきかえ、俺、かっこ悪すぎ。目の前で他の男とやってんの見せられて振られてんだもん。ださすぎて死にたくなるよ」

美樹はそこで腕時計を見た。

「時間ないや。先に行くわ」

「嫉妬《しっと》してんじゃん」

苑子が言った。いままで聞いたことがないような下品な言い方だった。

美樹はふんと鼻で笑って、立ち上がると苑子を見下ろした。微《かす》かに燻《いぶ》っていたかもしれない、ずっと好きだった気持ちの残りのわずかな何かが、ボッと燃えてなくなった。

「してるしてる。完敗だよ。俺もいつか、奈美江ちゃんみたいな可愛い彼女作って、適当に遊んで捨てる女もできるくらい、頑張ってみるよ」

苑子は顔を崩して泣き出した。その瞬間、美樹にゾクゾクするような快感が背中を走った。それは苑子への仕返しの満足感などではなかった。間違いなく、女を追いつめきった気持ちよさだった。

「……ないくせに」

顔を覆ったまま、苑子が低い声で言った。

「何か言った？」

美樹が聞き返すと、苑子は顔を上げて、美樹を睨《にら》みつけた。

「セックスしたこともないくせに、えらそうに」

美樹は全身が震えるのを感じた。それはあの可愛い苑子の品のない顔つきと言葉に対する恐れでも、怒りでも、悲しみでもなかった。それは武者震いだった。

「苑子なんかより、よっぽどすごいセックスをいつもしてるよ、ばーか」

美樹は言った。

「嘘ばっかり」

苑子のその言葉には、驚きながらも、きっと美樹がでまかせを言っているのだろうと探るようなニュアンスが込められていた。美樹の中で、圧倒的な優越感に、こみ上げてきた怒りが混ざり始めていた。美樹は苑子のほうをまっすぐに見下ろした。

「嘘じゃねえよ」

「何よ、風俗にでも行ったの？」

苑子は馬鹿にするような口調を必死に作って言った。

「ちゃんとした大人の女といつもしてんだよ」

「そんなわけないじゃない」

「なんで苑子がそんなこと言えるんだよ」

「負け惜しみ言うなら、もっとマシな嘘つけばいいのに」

苑子の目には、涙から次第に勝ち誇ったような色が浮かんできていた。

「ばーか、もう三か月くらいつきあってるよ」

美樹は自分の言葉がほんの少し震えているのに気づいて焦った。苑子が信じていないどころか、童貞ではないと虚勢を張る童貞だという態度で美樹を見下し始めている。顔が赤くなっていきそうなのがわかって、余計に慌てた。

「それさ、まさかしほしほとか言わないよね？」

苑子が鼻で笑うような感じで言った。唐突なその志保先生の名に、美樹はいま自分がどんな感情でどんなことを言えばいいのか、一瞬でわからなくなってしまった。

「なんで、だよ」

声がうわずった。いま「そのとおりだよ」と胸を張りたかったし、「そんなわけないだろ」とすかさず打ち消すのも必要だとわかっていたが、判断ができなかった。そもそも、なぜ志保先生の名前を苑子が口にしたのか、その理由を知るのが怖かった。

「前からしほしほのこと、ぼーって見とれてるの知ってたけどさ、最近、紀子たちに笑われてるの、知らない？」

美樹と同じクラスの女生徒の名前を出して、苑子は半笑いで言った。

「何をだよ」

「しほしほのことチラチラ盗み見ては、授業中にアソコ勃《た》てててって、みんな笑ってんだよ？」

「つきあってんだから、しょうがないだろ」

言ってしまった。ものすごく恥ずかしい事実を、しかも苑子が口にするとは思えない言葉で突きつけられて、美樹はその場にうずくまってしまいそうだった。それに耐えるには、本当のことを言って対抗するしかなかった。

「はあ？」

苑子はもう吹き出しそうだった。

「なんかすごくかっこ悪いよ？」

「ばか、本当だよ。俺は志保先生とつきあってんだよ」

足がガクガクと震えていた。本当のこと、しかも言ってはいけないことを口にしてしまったのに、それが受け入れられていないという状況で、美樹は完全に会話の出口を見失っていた。

「なんか聞いてるこっちが恥ずかしくなるんだけど」

苑子は呆《あき》れたように言った。たぶん正解は「だよな。だったらいいなって話」と笑ってみせることなんだろうと、頭のどこかでわかってはいたが、美樹はとてもその状態に自分を持っていくことができなかった。

美樹はバッグから小さなフェルトの巾着《きんちゃく》袋を取り出した。そしてその中から、丁寧に折り畳んだ「特別なもの」を取り出した。

「これが証拠だよ。誕生日に先生がくれたんだぜ？」

それは、初めてセックスをしたときに志保先生が着けていた、白い縁取りがある黒のショーツだった。

美樹は勝ち誇ったような顔で先生の下着を見せつけたが、それが失敗だったということは、どんどん曇っていく苑子の顔でわかった。

「ド変態じゃん」

苑子は立ち上がって、気持ち悪そうに美樹を見た。

「ばか、先生が持ってていいって言ったんだよ」

「何それ、もしかして寧々ちゃんの取ったの？」

苑子は美樹の妹の名前を出した。美樹はさらに頭に血が上った。そんなことをするわけもなければ、そもそも妹はこんなに小さくていやらしいショーツなんか持ってもいない。

「そんなわけ……」

「最低。気持ち悪い」

苑子はもう笑いもせずに、美樹と目を合わせないように急ぎ足でその場を立ち去った。

美樹は何も言えずにその後ろ姿を見送った。完全に苑子が見えなくなってから、必死に声を堪《こら》えて思い切り地面を蹴《け》った。鳩がバサバサと飛び立った。

それから毎日、美樹は何か事態が変わっていないか、不安で震えながら登校する羽目になった。

苑子がもし、自分と志保先生の関係を本当だと信じた場合、誰か友達に一人でも話したら、すべては終わる。噂が広まれば、先生にも学校から確認がいくだろう。

先生が肯定すれば、先生は解雇どころでは済まないし、自分も何らかの処分がある。仮に停学にならなかったとしても、その後で学校にい続ける勇気はない。先生に会うことも叶《かな》わないだろう。

そもそも、自分が先生との関係を誰にも話さないという、絶対の約束を破ってしまい、それを先生がどう思うか。

先生が否定したら、童貞高校生の妄想として片付けられるが、この場合もそれから学校に通うことには、耐えられそうにもない。

苑子が最初から自分と先生の関係を信じていない場合は、今度は最後に苑子が言い捨てたように、妹の下着を大事に持ち歩いている変態野郎というレッテルを貼られることになる。

何をどう考えても、美樹にとって救いの道は、ただ苑子が何も言わないでいてくれること、ただひとつだった。

志保先生の命令に背いたことで、先生と自分の「美しい関係」に大きなヒビを入れてしまったことも自覚していて、そのことも美樹を激しく落ち込ませていた。

志保先生がたまらなく好きだし、体や唇を思い出すだけですぐに勃起《ぼっき》してしまう。苑子の言うとおり、それは学校でも抑えきれない。ときどき、そんな先生と本当の恋人同士になれたらどうなんだろうと夢想すると、ゾクゾクするような感触を覚えるのだが、同時に、絶対にそうはなれないことはわかっていて、万一もしそうなれたら何かが終わるんだろうということもわかっている。

何が目的で何が理由なのかはわからないが、自分は志保先生に選ばれたんだと思う。そして先生は自分にいろんなことを教えた。それはいろんなセックスの楽しみ方というより、それらをすることによって得られる、選んだ先生と選ばれた自分の間にだけ発生する特別な何か。

そして、その境地に入り込んだときにだけ知る、誰とでもできるわけではない、言葉には決してならない美しい関係。

そんな大事なものを、苑子への見栄《みえ》などという些細《ささい》なことで壊そうとしてしまった。いや、すでに何かを壊してしまったのかもしれない。

そう考えるたびに、美樹は叫び出しそうになった。

学校ではその後、奈美江とすれ違うと、他の人には気づかれないように、美樹にまるで同志を見るような目配《めくば》せをしてくるようになった。仁藤はそれ以前もいまも、美樹の姿を見かけるとコソコソとすれ違わないようにしている。しかし美樹自身は、学校で苑子と会わないように、四方に気を配ってなるべく動き回らないようにしている始末だった。

そんなときに限って、誕生日の翌日に会ってくれたときに、半月後の実力テストが終わるまでは会わないようにしましょうと志保先生に言われていた。美樹は先生の耳に何か入ってきていないかを確認することもできず、しかし悶々《もんもん》として先生の体を思い出して自慰ばかりしている日々を過ごしていた。

苑子と会ってから一週間、テストまで一週間というところで志保先生の噂が美樹のもとにも伝わってきた。田島が「しほしほがさ」と話しかけてきたときには、心臓の音が聞こえそうなくらいドキドキしていたが、その内容を聞くと、今度はその心臓がピッタリ止まってしまったような感じがした。

志保先生が、年内で学校を辞めるらしいという話だった。

さっそく、女生徒たちが志保先生を取り囲んで問いつめたが、先生は頷《うなず》くことも否定することもなく、「ごめん、まだ言えないの」と困った顔で微笑んだという。

美樹はぞっとした。苑子が学校に話してしまい、志保先生が責任を取ったのだと思った。しかし同時に、どれだけ先生がかばってくれたとしても、自分のところに誰も何も言いに来ないのはおかしいとも思った。

いったい何がどうなってるのかわからなかった。

学校で先生に話しかけるチャンスは一度もなかった。伝言サービスにそのことを吹き込んでみたが、返事はなかった。美樹はあまりにも考えることが多すぎて、しかし行動できることが何もなさすぎて、何もかもが上の空だった。実力テストも、さんざんな結果になってしまって、先生との「成績は落とさない」というもうひとつの大事な約束も守れそうになかった。

先生からメッセージが入っていたのは、試験の最終日だった。

「明後日《あさって》、うちに来ていいわ」

祝日でもあった土曜日、言われたとおり午後二時に、美樹は志保先生の部屋へ行った。

暖房の効いた先生の部屋に入ると、ちょっとした違和感を感じた。何か目につくものが変わったわけではないが、模様替えでもしたかのような空気があった。

しかしそんなことを聞いているどころではなかった。

志保先生が学校を辞めてしまうという噂をすぐに確かめたかったが、その話を先にしてしまうと、目の前の先生ともうセックスができなくなってしまうんじゃないかという恐怖も感じていた。

そのうえ、三週間も志保先生とセックスできなかったのは初めてなので、美樹は気が狂いそうになっていた。いつもなら何かの「準備」をしてから始まるが、美樹は寝室に入るなり先生の体に貪《むさぼ》りついた。ビデオカメラも回していなかった。

志保先生はジーンズの上にグレイのカットソーと丸首の白のニットを着ていたが、美樹は剝《は》ぎ取るように脱がせていき、金と黒の艶《なまめ》かしい下着すら堪能《たんのう》することなく、コンドームをつけてもらうと慌ただしく挿入した。そして、先生の性器に根本まで包まれた瞬間、耐えきれずに射精した。

「すごいね」

体にしがみついて、ぜーぜーと息を切らしながら体を震わせている美樹を、志保先生は優しく抱きとめると言った。優しい口調だったが、美樹は興奮の収まりと同時に、恥ずかしさがこみ上げてきた。

「すいません」

美樹はそう呟《つぶや》くと、先生と枕の間に顔を埋めた。

「何かあったでしょう」

「え……」

「いつもと違ったよ」

志保先生は美樹の髪に指を絡めるように手をやった。

「すいません」

「ううん、鷺坂くん、すごかったよ」

美樹は顔をあげた。志保先生はいやらしい目をしたまま、優しい微笑みを浮かべた。美樹は先生を強く抱きしめ、今度はいつまでも唇にしゃぶりつくようにキスをした。

そして心配でしょうがなかった、学校での噂を聞こうとしたそのとき、リビングのほうから音がした。

美樹はビクッとしたが、自分の荒い呼吸の向こうから聞こえてくるのは、トゥルルルルという電話の呼び出し音だった。そういえば先生の部屋で電話が鳴るのを聞くのは、初めてだった。

「先生」

美樹は少し顔をあげた。先生は「わかってる」という感じで頷くと、電話の音に集中するような仕草をした。

呼び出し音が五度鳴ったところで、留守番電話のメッセージが流れた。そして、その「ただいま留守にしております。ピーという音の後に」というところで、ガチャッと相手が電話を切る音がした。

志保先生の表情が少し変わった。そしてゆっくりと体を起こして、ティッシュに手を伸ばすと、二枚引き抜き、箱を美樹のほうへ手渡した。美樹はいつもと違う様子に少し驚きながら、コンドームをはずしてゴムの先を縛ると、ティッシュにくるんだ。

いつもなら射精後の性器に残った精液を先生が舐《な》め取ってくれるが、先生は黙って自分の股間《こかん》のまわりを拭《ふ》き取っていた。美樹も自分のものを拭くと、その中にコンドームをくるむようにして入れた。

また、電話が鳴った。そういう設定なのか、今度は三度呼び出し音が鳴った後で、留守番電話に切り替わった。そしてメッセージが流れた後で、美樹の耳にもはっきりと、その声が聞こえた。

「志保？」

男の声だった。そしてすぐにまた、ガチャッと電話を切る音がして、ツーツーという信号音が響いた。

ただそれだけの名前を呼ぶ声だったが、美樹はすーっと血の気が引いていった。それは、確実に志保先生の恋人であり、いまこの瞬間に先生が部屋にいるのが当然だと思っている声だった。

「鷺坂くん」

志保先生は美樹のほうを見ずに、呟くように言った。美樹はそれだけで、何をしなくてはならないのかわかったような気がした。しかし同時に経験したことがないくらいの焦りで何から手をつけていいのかわからなくなってしまった。

志保先生はショーツを着けると、カットソーだけ首を通して、美樹の手から丸めたティッシュを受け取った。そして寝室を出ると、それをキッチンのゴミ箱へ捨てにいった。

美樹はどうしていいかわからず、とりあえず急いで服を着た。床に散らばっていた、志保先生のニットとジーンズとブラジャーも、軽く畳んでベッドの端に置いておいた。

志保先生は電話のほうへ歩いていくと、受話器に手をかけた。そのとき、チャイムの音がした。美樹の心臓が壊れてしまうかと思った。それは電話の音ではなく、確実にドアチャイムだった。

志保先生は音を立てずに玄関へ小走りで向かった。美樹は緊張で動くことができず、一瞬にして自分の顔が真っ青になっていくのがわかった。

すぐに先生が戻ってきた。ドアを開けにいったのではなかった。その手には美樹のスニーカーがあった。そして寝室を覗《のぞ》き込むと、首と目の動きだけで、美樹に「こっちへ」と告げた。

また、ドアチャイムが鳴った。

美樹はバッグとダッフルコートを摑《つか》むと立ち上がった。貧血のようにくらっとしたが、なんとか耐えた。

先生はベランダのサッシを静かに開けると、美樹を外へ押し出し、スニーカーを置くと、何も言わずにまた閉めて、鍵《かぎ》をかけた。そしてレースカーテンを全体に引き、カーテンを両側から半分くらいずつ引いた。

ベランダには、そのまま素足で洗濯物を干したりするためなのか、すのこが敷かれていて、そのまわりにいくつか鉢植えが置かれていた。一方は隣の部屋のベランダとの防災用仕切り板になっていて、もう一方は先生の寝室側で、胸元くらいの高さの柵《さく》になっていた。

美樹はバッグとコートとスニーカーを抱えて寝室側の柵のほうへ移動すると、その場に音を立てないように体育座りをした。体中の震えが止まらなかった。それが急に体を包んだ冬の冷気のせいなのかどうかはわからなかった。

三度目のドアチャイムが鳴って、志保先生がインターフォンに答える声がした。美樹にはよく聞き取れなかったが、男のくぐもった声らしき音と、先生の「ごめんなさい、寝てたの」というニュアンスの言葉が聞こえた。

やがて玄関のドアが開く音がした。

志保先生が男と親しげに話している雰囲気がした。

志保先生はキッチンで何か飲み物を用意しようとしていた。しかし男は、時間がないというようなことを言い、リビングのソファに座ることもなく、先生を寝室のほうへ行くよう促していた。

美樹は緊張と不安が自分の許容量を振り切ってしまったように、全身から力が抜けていた。おそらく顔色は真っ青どころか、真っ白なんだろう。

いま、もしここにいることがばれたら、自分はどうなるのだろうかと美樹は頭の片隅で思った。男にぶん殴られるくらいならともかく、七階から突き落とされる可能性だってゼロじゃない。そういう直接的な暴力だけでなく、学校や家といったことでも、いろんなまずいことになるのだろう。

やがて、志保先生と男が会話をしている雰囲気が消えた。どうやら寝室へ行ったようだった。リビングに比べて、ほとんど声が聞こえなくなった。

寝室の外側にはベランダがない。美樹は斜め先の部屋のほうを見た。そこには窓がある。もしそこから男が顔を出したら、確実に見つかってしまうだろう。

志保先生はいま、何をしているのだろうか。

そう思ったとき、美樹の顔に少しずつ血の気が戻ってきた。同時に外気の寒さをようやく感じて、音を立てないようにダッフルコートを着て、前のボタンをすべて留めた。

音は聞こえないが、二人がそこにいる空気だけは、壁越しにきちんと伝わってくる。きっと、男は仕事か何かの途中で、少し時間ができたのだろう。そして志保先生とセックスをするために、クルマを飛ばしてここまできた。

志保先生が自分に教えてくれたことのすべてを、先生に教え込んだ男。その男がいま、先生の体を自由にいたぶり、先生のいやらしい指や舌を好きなように使わせている。

そう考えたときに美樹の中に生まれた感情は、嫉妬《しっと》と、それ以上の羨望《せんぼう》だった。そして、こんな状況なのに、性器にも熱いものが集まり始めていた。

「あああああっ」

くぐもった声が聞こえた。美樹は耳をすませた。それは志保先生の嬌声《きょうせい》だった。いつも耳元で聞いていたその声が、隣の部屋の壁と窓を伝うと、まるで違うものに聞こえた。それとも、自分のときとはまるで違う声を先生はあげているのかもしれない。

美樹はもう勃起《ぼっき》を抑えられなかった。

「いいですっ、すごいっ」

志保先生の微《かす》かな声が続いた。男が部屋に入ってきてほんの一〇分ほどだが、もう先生に挿入しているのだろうと思うと、美樹は嫉妬と羨望と、そしてそこから生まれた興奮と快感で、叫び出したくなった。

性器を取り出して自慰をして楽になりたいとも思ったが、さすがにそれは踏みとどまった。

しばらくの間、志保先生のせつない喘《あえ》ぎ声が、途切れ途切れに聞こえてきていた。美樹は冬の乾いた青空を見上げ、心の中を空っぽにしようと努めたが、股間のますますずっしりとした重みが、そうはさせてくれなかった。

気が遠くなりそうな時間が過ぎ、ふと気づくといつのまにか静かになっていた。

美樹は自分の膝《ひざ》をぎゅっと引き寄せるようにすると、丸まって呼吸を整え、目を閉じて微動だにしなかった。

やがて、また志保先生と男の雰囲気が伝わってきた。おそらく男が部屋に入ってきてから三〇分ほど経ったころだった。リビングのほうで何やら話しているようだったが、内容や言葉はわからなかった。

美樹はとにかく、物音を立てず、何事もなく男が去っていくことだけを願っていた。トイレの水を流す音がした後で、二人の空気が玄関のほうから伝わってきた。そして、何かの会話を交わし、ドアを閉める音がした。

志保先生はすぐにはやってこなかった。美樹はただ丸まったまま、ベランダのサッシが開くのを待った。そして、ドアの音から三分以上経過してから、ようやくその時がやってきた。

「鷺坂くん」

志保先生が小声で呼んだ。美樹はそれが、すでに男がいない空気をまとっていたことに安心しながら、顔をあげた。先生はさっき男を出迎えたときと同じく、カットソーとショーツ姿だった。そして美樹を、どんな感情も表していない顔で、見つめていた。

美樹は志保先生の股間《こかん》を見つめた。ここに、あの男の性器が入っていたのかと思うと、やはり嫉妬と、それ以上の羨望を感じた。

リビングのソファに座って、志保先生がいれてくれた熱い紅茶を飲みながら、美樹はどんなことを言えばいいのか考えていた。先生はラグの上に美樹の斜め前に座って、ごめんねとも言わなければ、いまあったことに触れようともしなかった。

そして、美樹がもっとも恐れていた、そしてどこかで予感していたことを告げた。

「私と鷺坂くんは、もう終わりになるわ」

「どうして……ですか」

たったいま起きたことが充分に理由だとわかりつつ、美樹は聞いた。もう泣き出しそうだった。ダッフルコートを着たままだったが、寒さとは別の震えが襲ってきていた。

「弟が帰ってくるの。あと、彼がさすがに怪しんでるわ」

志保先生は先ほどのことには触れないまま、涙目の美樹を前にしても、冷静に事実を告げるように言った。

美樹は今日、先生が学校を辞めるという噂を確かめにきた。それが、自分が招いた事態だったのかも知りたかった。しかし、それよりももっとすごい現実を経験させられてしまった。だと言うのに、先生はその二つとは違う、二つの理由を挙げた。美樹はもう何が何だかわからなくなってきていた。

志保先生が言うひとつめの理由は理解した。先生の寝室の隣の部屋は、たまたまドアが開いているときに見えただけだが、ベッドや机やテレビがあって、そこが留学中の弟のものだということはわかった。普通は年度末だと思うが、確かに年末に留学を終えて帰ってくるのは予想できるし、そうなれば、この部屋に来られなくなるのはわかる。

しかし二番目の理由は意外で、美樹を激しく動揺させた。てっきり、「いまのを見て、まだ会えるの？」「いまのを見られたら、もう会えない」と言われるのだろうとばかり思っていた。

しかし志保先生は、やはりその部分は気にもしていないようだった。

これまで、ごくたまに志保先生が恋人のことに触れることはあった。しかし、決してどんな人で、いつ会っていて、どういうつきあいなのかといったことは、話そうとしなかった。美樹もそこは触れてはいけない一線なんだろうと思って、聞かずにいた。

それくらい遠いものだと思い込もうとしていた男に、突然、すぐ手が届くようなところで、志保先生を抱いている「音」を聞かされた。美樹にはその衝撃のほうが大きすぎて、先生の言う理由をすぐには理解できなかった。

それに、志保先生とはいつも激しく、多ければ四度もセックスする。アナルセックスをさせてもらうときはそのまま射精するし、鞭《むち》は遊び程度にしか使わせてもらっていなかったが、平手では真っ赤になるまで尻《しり》を叩《たた》いていた。緊縛でロープの跡がつくこともあった。それでも先生はこれまで一度も「彼に気づかれる」といった心配をしたことがなかった。

美樹は混乱していたが、かろうじて少しは冷静に話せそうな、ひとつ目の理由のほうから食い下がった。

「でも、この部屋じゃなくても……」

「ホテル代とか、鷺坂くん払えないでしょう？　クルマも弟が帰ってきたら自由に使えなくなる。いつも外でなんかできないわ」

志保先生ははっきりと言った。ひとつも言い返せなかった。少なくとも自分は、

「私がホテル代を出してあげるから会って」と言われる相手ではないことに、叫び出しそうなくらいの落胆を覚えた。そして美樹が、どうしたらホテル代を捻出《ねんしゅつ》できるだろう、アルバイトはどうしたらできるのかと考え始めたとき、先生は美樹を見つめて言った。

「それに、年が明けたらここも越すの。学校も変わるわ」

美樹は堪《こら》えきれずに声をあげて泣き出した。

やはり、あの噂は本当だったのか。

「どうして……」

「本当は四月からだったんだけど、ちょっと事情があって早くなったの」

「それは……」

美樹は涙を拭《ぬぐ》いながら聞いた。

「僕のことが原因ですか。僕とのことが学校にばれたりしたからですか」

志保先生はしばらく表情を変えずに美樹を見つめていた。美樹はただ涙をボロボロこぼしながら先生の返事を待った。やがて先生はふっと笑った。

「関係ないわ。私と、彼のこと」

志保先生は美樹を慰めることもなく、ただ黙って見ていた。そのとき美樹はここで立ち去れれば男らしいような気もしたが、情けないことに、まだ頼み込めば、セックスをさせてもらえるのではないかという、淡い希望を捨てきれなかった。

「鷺坂くん」

志保先生は静かに言った。

「あと一度、会ってあげる。それを最後にする」

美樹の心を読み取っているかのようだった。美樹はあと一度しかないという絶望と、でもあと一度、志保先生とセックスができるという希望で、心の中がぐちゃぐちゃになっていた。

「ひとつ宿題があるわ」

美樹は涙を止めることができないまま、先生を見つめた。涙越しに見える先生の目は妖《あや》しく光っているように見えた。

「最後の日を決めたら教える。でもそれまでに、その日に何をしたいか考えておいて」

「何を……」

「鷺坂くんが、いちばん興奮することをしてあげる。何をしたいか、考えておいて」

志保先生は少しだけ優しく微笑んだ。美樹は泣き止むことができず、先生が何を言わんとしているのかよく理解できなかった。美樹は記念に、いままでいちばん興奮したシチュエーションやプレイを思い出しておけということなのかと思ったが、そういうニュアンスではなかった。いままでやっていない、でも先生にさせてもらいたいこと、もしくは知りたいこと、あるいは、見たいことを、間違うことなく、申告しなさいということなのだと、時間をかけて理解した。

正解はすぐに頭に浮かんだ気がしたが、それは駄目だという危険信号に、すぐに打ち消され、美樹は自分の頭に浮かんだイメージを、そのときは再び摑《つか》むことができなかった。

「今日は帰って」

志保先生はそう言うと立ち上がって、美樹を見つめて言った。背の低い先生が、とても大きく見えた。

美樹はまだ止まっていない涙に自分でも驚きながら、ソファから立ち上がると這《は》いつくばるように志保先生のもとへ行き、足元にしがみついた。そしてしばらく泣いた。先生は足の指を美樹の涙が濡《ぬ》らしていくのを、そのままにしておいてくれた。

三三三

美樹が、自分が受けていたのは「特別授業」だったと確信したのは、大学に入って何人かの女とセックスをしたり、友人たちがどんな風にしているのかをいくつか聞いた後だった。

もちろん実際に志保先生とセックスをしていた期間、それがいわゆるノーマルなセックスだとは思っていなかった。見聞きしていた恋人同士のセックスとも、アダルトビデオで見ていたセックスとも、それは全然違っているのは認識していた。

それにしても、普通の女は、互いの性器をちんぽやまんこと直接的な言葉では言わない。私、してあげるのが好きなのと言いつつ、汗で臭い腋《わき》や、シャワーを浴びていない肛門《こうもん》にむしゃぶりつくことはなかった。

首輪をつけてとねだることも、唾《つば》をかけてとねだることも、尻を叩いてとねだることもなかった。

おそるおそる毛を剃《そ》ってみたいと言うと、あからさまに嫌な顔をされた。一緒に風《ふ》呂《ろ》に入ったとき、小便をかけようかなと冗談めかして言うと、本気で怒られた。オナニーして見せてと頼むと、泣き出された。

フェラチオをするとき、その口の中は乾いていて、喘《あえ》ぐことも吐息を絡めることもなく、口や鼻や眉間《みけん》を不細工な形に曲げてしていた。アナルセックスなんて冗談だとしか思われなかった。

縛ってと懇願されることもなければ、縛っていいかと聞くと、良くてもスカーフで手を縛ることくらいだと思っていた。精液を飲んでくれる女はいたが、飛び散ったものを愛《いと》おしそうに音を立ててすする女はいなかった。

もちろん、録画することを許す女もいなかった。

そして、他の男としているところを見ることなど、どう考えてもできるはずがなかった。

年末の実力テストこそひどい結果だったが、志保先生のおかげで二年生のときに成績は伸び、先生がいなくなって三年生になってからは、ほとんど勉強にだけ没頭していたので、美樹は最終的に、県内にある全国的にも有名な国立大学に現役合格した。

それまで志保先生としか経験がなかったが、美樹は急に女性受けが良くなり、そこそこの経験ができるようになった。しかし先生とのセックスが特別だったことを知ったとき、どうしようもなく絶望した。あんなセックスは、知り合うどんな女ともできないことは、やがてはっきりとわかってきた。

しかし性欲はある。セックスはしたい。美樹は絶対的な物足りなさを感じながらも、

「普通の」セックスをし続けた。やがて美樹はそれを、「リハビリ」と位置づけた。志保先生とのことは、あれっきりの特殊な経験で、こういう、恋人同士や普通の男女の普通のセックスをこれから楽しんでいくしかないんだと、自分に言い聞かせた。

数年も経つと、その「リハビリ」はうまくいったと美樹は思った。大学四年のときにつきあい始めた恋人は、セックスも含めすべてにおいて相性が良く、そこから五年近くつきあっていた。「アブノーマルな」行為など、必要なかった。

すっかり真っ当になったと思ったが、志保先生との夏からちょうど一〇年後、また、美樹はあのときのような、どうしようもなく激しく「普通ではない」セックスに、恋人ではない女と、のめり込んでしまうようになる。

結局、志保先生に教えられたことは、元々の美樹の性癖でもあった。先生がそれに気づいていたのかどうかはわからない。しかし、先生によって美樹はいちばん最初に、いちばん快感を感じることを教えられていたのだ。

それは英才教育のようなものだったかもしれない。志保先生に「教育」されたことを、今度は自分が「教育」する立場になった。美樹はそのとき、猛烈な興奮を覚えた。

美樹はそのとき、どれだけ志保先生との出会いが自分にとって運命的なものであったかを思い知った。

終わりを宣告されてから一か月後、冬休みに入って二日目の日曜日が、志保先生との「最後の日」と決まった。

美樹は志保先生の部屋に、午後三時に訪れた。休日だったが、母親には適当な理由を伝えて学生服の上にダッフルコートを着ていった。

ドアチャイムを鳴らし、やがてドアが開いた。そこには志保先生がいた。

先生は白のブラウスの上に、キャメル色のカーディガンを着て、チェックのプリーツミニに、ルーズソックスをはいていた。

学校の制服を、苑子たち女生徒たちと同じように着てほしいと、美樹は頼んでいた。さらに先生は、髪を左右に分けてお下げのようにゴムでくくっていた。

その姿を見た瞬間、美樹は久しぶりにめまいがした。この半年、先生のいろんな姿や顔を見てきて、そのたびに「しほしほ」「志保先生」だけでない違う女を知ったような気になるとき、一瞬、目の前の人が誰だかわからなくなったが、久しぶりのその感触だった。

背が低く童顔の志保先生に、その格好はあまりにも似合いすぎていた。学校の女生徒たちに紛れていても違和感がないどころか、きっと一年生だと思われるだろう。

「可愛い、です」

美樹は思わず呟《つぶや》いた。

「ありがとう。恥ずかしいけど、まだ似合うかな」

志保先生は微笑んだ。美樹は力強く頷《うなず》いた。

先生はどうぞと美樹を招き入れ、リビングで何かを飲むこともせず、そのまま寝室へ向かった。そのとき美樹は、先月と同じく、部屋の様子にちょっとした違和感を感じた。いままでとは違う、何かが変わったような気がしたが、やはりその正体はわからないまま、寝室に入った。

志保先生はいつものようにビデオの録画ボタンを押してから、ベッドに腰を下ろして、美樹を見上げた。

最後は制服姿の先生と普通にしてみたいというのが、美樹のリクエストだった。

美樹は学生服を脱いで、先生の右側に座ると、肩にそっと左手を回し、顔を近づけてキスをした。すぐにお互いの唇が少し開いて、先生の温かい吐息が流れ込んできた。それだけで痺《しび》れたようになる。美樹はたっぷりと湿らせた舌で、その隙間を少し突くと、先生もいきなり激しくではなく、その動きに合わせて舌先を優しく触れさせてきた。

美樹はキスをしたまま、先生の太ももに手を置いた。まるで第三者の目線のように、正面から先生の柔らかく白い内股《うちまた》に自分の指が動いているイメージが浮かび、背中をゾクゾクとした感覚がかけぬけた。それは、高校生の恋人同士の姿だった。

たっぷりと内股の感触を楽しんでから、指を先生の股間《こかん》へと運んだ。閉じた足の間で、ショーツに包まれたぷっくりとした肉の弾力が指に伝わった。思わず鼻から荒い息が漏れた。先生は力を緩めて、美樹の指が動きやすくなるようやや足を開いた。美樹は二本の指で、ショーツの中の襞《ひだ》や肉の位置を確認するように、ゆっくり上下させていった。

「んんっ」

次第に激しく舌を絡め出した口の中から、志保先生の甘い声が漏れ始めてきた。温かい股間から手を離すのは名残惜しかったが、美樹は手をあげると、志保先生のカーディガンのボタン、次にブラウスのボタンをひとつずつ外していった。先生は薄い黄色の、女子高生がつけそうな可愛らしいデザインのブラジャーをしていた。美樹はそれを外さずに、その中に指を滑り込ませた。柔らかい乳房の中で、硬くなった乳首の感触が伝わった。

志保先生はカーディガンの上から、その美樹の手を押さえて優しく触れた。

「気持ちいいよ、鷺坂くん」

志保先生は美樹の耳元に吐息混じりに囁《ささや》いた。

美樹は先生の唇から離れて、首筋から耳にかけてキスをするように唇を押しつけるのと、唾液《だえき》の音を立てて舐《な》めるのを繰り返した。志保先生の喘ぎ声が次第に湿ってきていた。

美樹は舌を鎖骨から下ろしてきて、先生のブラジャーをたくしあげると、その乳輪にべろっと、ゆっくり大きく舌を這《は》わせた。

「ああっ」

志保先生は悩ましい声を漏らし、美樹の髪の毛の間に指を絡めて、頭に手を添えた。

美樹は左手で先生の右の乳房を弄《もてあそ》びながら、左の乳首を吸い上げしゃぶりついた。

やがて美樹はそれを続けたまま、ベッドから腰を浮かせると、志保先生の足の間に体を入れて、床に膝《ひざ》をついた。

美樹は先生のスカートの中へ頭を入れて足をこじあけた。先生はまた、優しく美樹の頭に手をやった。

志保先生は少し股を突き出すように尻《しり》を上げ、左手を後ろについてバランスを取った。美樹は先生のショーツ越しに、先生の股間の匂いを吸った。

美樹は先生のショーツの膨らみの脇に、舌を這わせた。

「んん……くふぅ」

志保先生がビクンと反応した。美樹はその反応に合わせるように、先生の股間の微《かす》かな汗をすべて味わうように、ショーツの縁を濡《ぬ》らしながら舐めていった。

「すごい、上手よ……」

志保先生は潤んだ目で言った。美樹は次に、先生の内股を甘噛《あまが》みしつつ、味わい始めた。先生の太ももが波打つように反応した。

「先生、おいしいよ」

「いっぱい舐めて」

美樹が思わずそう告げると、志保先生は嬉《うれ》しそうに、いやらしい声で言った。

膝の裏側から足の付け根まで、残すところがないくらいに先生の太ももまわりを舐め尽くすと、美樹は先生のショーツに手をかけた。先生は腰を浮かし、美樹がそれを脱がせると、毛のない先生の性器と、そのまわりの襞と肉がしっとりと濡れていた。

美樹は我慢できずにすぐにしゃぶりついた。もあっとした熱気と、先生から溢《あふ》れてくる液体の、少しつんとする匂いが美樹の鼻をついた。舌先にはその、少し苦くしかしなぜか甘く感じる汁が触れた。美樹はより味わうように、より匂いを嗅《か》ぐように、きつい性器をこじあけて舌を進ませた。じゅるじゅるという卑猥《ひわい》な音が部屋に響いた。

「おまんこ、すごい……」

志保先生は堪《こら》えきれないという感じでそう言うと、それを合図に、断続的に声をあげ始めた。

美樹は先生の性器を舐めながら、ベルトを外し、ファスナーを下ろした。パンパンに張っている性器が、トランクスを突き破りそうだった。美樹はスラックスとトランクスを同時に膝のほうへ下ろし、続いてカッターシャツのボタンを一気に外して脱ぎ去った。

「先生、僕のも、一緒に」

美樹はそう言うと、立ち上がってTシャツと靴下を脱ぎ、全裸になった。その間、志保先生は潤んだ瞳《ひとみ》で美樹の性器を、そっと摑《つか》んでいた。

美樹はベッドの上に仰向《あおむ》けに寝た。志保先生はその上に、反対向きにまたがった。すぐに先生が、美樹の性器を口に含んだ。何度やってもらっても、その温かくゾクゾクする感じに腰のあたりがつりそうになる。

背の低い先生が美樹の性器をくわえると、美樹が先生の性器を舐めるためには、顔を完全に起こさなければならない。その角度から見ると、制服姿の先生が、尻を向けて、向こうのほうで頭をいやらしく上下している。美樹は新しい興奮を感じながら、先生の尻の穴を目の前に、また先生の性器に舌を這わせた。

互いにしゃぶりあう卑猥な音が耳を刺激して、美樹の性器はより硬くなった。快感を感じながらも、この後が早い射精にならないように美樹は尻のあたりにキュッと力を入れていた。

やがて美樹は体を起こし、志保先生は立ち上がるとコンドームを取って、いつものように美樹の性器にするするとかぶせた。美樹は無言で先生をゆっくり横たわらせて、正常位で挿入することを伝えた。先生は少し上半身を起こすようにしながら、美樹のほうへ足を開いた。

美樹はその中へ腰を入れ、手を添えて亀頭の先で先生の襞を押し分けた。そしてゆっくりと、先生の中に馴染《なじ》ませるように、ずぶずぶと性器を沈めていった。

「すごいっ……いい」

先生が体を痙攣《けいれん》するように震わせた。美樹は下半身の痺れるような感じを味わいながら、そんな先生の肩を抱き寄せて唇を押しつけた。先生の喘《あえ》ぎ声が、自分の口の中にこだまして、その振動にも美樹はたまらなく興奮した。

美樹はそのまま、先生をベッドに押しつけ、ぎゅっと手を回してキスをし続けた。下半身だけを腰を支点にこれ以上ないというスピードで動かし、先生の性器の奥へと打ち付けていった。

「だめ、すごい、ちんぽ、すごいの」

志保先生の叫び声が唇の端からこぼれ、両手は美樹の頭に回してせつなく髪の毛をまさぐった。

「先生」

美樹は体を起こして先生を見下ろした。はだけたブラウスとカーディガンの中で、たくしあげたブラジャーの下の乳房が上下に揺れていた。下腹部の動きが、先生のミニスカートをくしゃくしゃにしていた。

「鷺坂くん……」

「先生、すごいよ、セックス、すごい」

「私も、もうずっとすごい。気持ちいい」


「志保先生は美樹の目をまっすぐ見つめて言った。美樹はだんだん泣きたくなってきた。

「先生、好きだ」

美樹は嘘偽りのない、いちばん伝えたかった気持ちを言葉にした。

「私も好きよ」

志保先生も言った。嘘偽りのない言葉だったが、美樹とは意味が違っていた。

「先生、もういきそう、ずっとそれを言ってください」

美樹は腰の動きを止めないまま、しかし目に涙を溢れさせて言った。

「大好きよ、鷺坂くん。鷺坂くんのちんぽも大好き」

ぞくっとした。美樹は先生に覆いかぶさった。

「先生、好きです。ずっと好きです」

美樹は耳元に荒い息を吐きながら言い続けた。

「好きよ、好き、鷺坂くんの気持ちいいの、私もすごく好き」

志保先生は美樹の耳にべろべろと舌を這わせながら、その耳の穴に直接言葉を流し込むように、そう言って喘ぎ続けた。

「もう、いく……」

「きて、好きよ、鷺坂くん、いっぱい出して」

志保先生はぎゅっと美樹を抱き寄せると、狂ったように打ち付ける美樹の腰に、さらに上下の動きを加えた。

「うあああああっ」

美樹は思わず絶叫した。射精と同時に、体がバラバラになってしまったようだった。軽く失神していたようだった。気づくと、志保先生が背中をさすってくれていた。

美樹が体を起こすと、先生は満足そうに微笑んでいた。

「すごかった。気持ちよかった」

「俺のほうが、すごかったです」

美樹は頭を下げた。志保先生は美樹の背中を優しくポンポンと叩《たた》いた。

美樹がゆっくり性器を離すと、先生はコンドームが落ちないように手を添えた。そして抜きさるとそのコンドームを、先生は手に取った。

「たくさん」

精液溜《だ》めをつまむようにして、志保先生はふっと笑った。そしてコンドームを手にしたまま、屈《かが》み込むと美樹のべっとりとした性器をくわえ、その精液の味がなくなるまで、時間をかけてゆっくりと舐《な》め取っていった。

美樹は全身に力が入らず、志保先生がしてくれることを、ただ見下ろしていた。

やがて志保先生は顔を上げると、今度はコンドームの中のものを左手の手のひらに出していった。つんと鼻をつく匂いが部屋に広がった。先生は手からこぼれそうになるくらいの精液を、口を近づけてじゅるじゅると音を立ててすすった。

自分の精液が先生の唇を汚すのを、美樹はずっと見ていた。

全部吸い終わると、志保先生は少し口を開けて舌を出してみせた。美樹の精液がねっとりと舌に絡み付いていた。そしてすぐにこぼれそうになって、先生は急いで口をつぐむと、ごくりと音を立てて、すべてを飲み込んだ。


最後のシャワーを一緒に浴びて、志保先生は美樹の首から下の全身を、丹念に手で洗ってくれた。美樹も同じように、先生の体を隅から隅まで洗った。先生はそのまま歯も磨いた。

「先生、ひとつ謝らなくちゃいけないことを言ってませんでした」

「何？」

「絶対に喋《しゃべ》ってはいけないと言われてたのに、先生とのこと、苑子に言ってしまいました」

美樹はそう言うと唇を嚙《か》んだ。志保先生は二人の足元の泡をシャワーで流した後で、微笑んだ。

「信じてもらえなかったでしょう？」

先生の笑みに、美樹はようやくつかえていたものが取れたような気がして、ほっとして笑った。

「はい、たぶん」

シャワーを出ると、美樹は学生服を着た。先生は新しい白の紐《ひも》のような細い上下の下着をつけて、ボーダーのTシャツを着ていた。

「靴、ベランダにね」

「はい」

志保先生に言われて、美樹は履き古したローファーを玄関から持ってきて、リビングのサッシを開けた。一気に冷気が部屋の中に流れ込んできた。美樹はすのこの端に、ローファーを置いた。そしてソファに戻ると、バッグを持って、それをローファーの隣に置いておいた。

「五時でしたよね」

美樹はカシオの腕時計を見ながら聞いた。四時三〇分を回ったところだった。

「だいたいで言ってある。何か飲む？」

た。

「いいえ、大丈夫です」

美樹は言った。そしてそれから、美樹はずっと黙ったままソファに座っていた。志保先生はキッチンの小さな椅子に座って、リンゴジュースを飲みながら、無言でそんな美樹の様子を見ていたが、やがて立ち上がって、寝室へと入っていってドアを閉めた。

五分後に、ドアが開いたとき、またしても美樹はめまいがした。

そこには、セーラー服姿の志保先生がいた。実際に高校時代に着ていた制服だった。夏服の白の半袖《はんそで》にえんじ色のスカーフ、昨今のものよりさすがに少し丈が長く、膝上《ひざうえ》くらいの紺のスカート、そして紺のソックス。下ろした髪のウェーブが、白いラインが入った襟の上で揺れた。

美樹が誕生日に見たいと言ったこの姿は、今日この瞬間までお預けされていた。完璧《かんぺき》だった。美樹の理想の人がそこにいた。そして、宿題の解答にこそ、この姿は相応《ふさわ》しいと思った。

そのとき、部屋にトゥルルルルという音が響いた。美樹はビクッとした。志保先生は、リビングの端に置いてある電話へと歩いてくると、三コール目で受話器を取った。

「もしもし。うん、いるよ……わかった」

志保先生はそれだけの会話をすると、電話を切って、美樹に言った。

「あと五分か一〇分くらいだと思う」

「わかりました」

美樹は大きく深呼吸してから立ち上がった。そして、ダッフルコートを着るとそのままベランダへ出ようとした。

「鷺坂くん」

志保先生がその後ろ姿に声をかけた。

「いまならまだ、やめることもできるわよ」

美樹は振り返った。セーラー服の志保先生はどうしようもないくらい可愛くきれいで、美樹は泣きそうになった。

「いえ、これが宿題の答えですから」

美樹は、無理に笑顔を作ってみせた。そしてまた背を向けて、サッシに手をかけた。

「鷺坂くん」

志保先生がまた呼んだ。美樹は泣いてしまいそうな顔を見られたくなかったが、顔だけをゆっくり先生のほうへ向けた。

「頑張って」

志保先生は言った。美樹はその言葉に堪えきれずに涙をこぼした。

美樹はベランダの端に行くと、そこに体育座りをした。尻《しり》のあたりから冷たい空気が体に染み込んでくるようだった。夕暮れが迫ってきていた。

志保先生は部屋の中から、レースのカーテンだけをわざと隙間を作りながら閉めた。棚と鉢植えとその隙間から、なんとか部屋の中は覗《のぞ》き込めた。

いちばん興奮することを考えておきなさいという志保先生の宿題に対する答えは、これからが本番だった。

美樹がその答えにたどり着いたとき、先生は驚きもしなかった。どころか優しく微笑んだ。それ以外の正解なんかないでしょうと言われたような気がした。

＝＝＝＝

ドアチャイムの音がした。

セーラー服姿の志保先生が、玄関へ向かった。

やがて先生が戻ってきて、その後に、男が現れた。

想像していた男とは、全然違った。具体的に先生の恋人がどういう男かを思い描いていたわけではない。しかし、あれだけいろんなことを先生に教え込んだのだから、当然それなりの年齢だと思っていた。

しかしそこにいたのは、まだ二〇代前半か中盤くらいの、若い男だった。

ホワイトデニムにオレンジ色の上等そうなボタンダウンシャツを着て、深緑と黒のチェックのジャケットを着ていた。背はそれほど高くなかったが、がっしりと鍛えているような体つきだった。

男はソファに座って、志保先生に優しく微笑んでいた。

志保先生も、すべてを許しているような目で、男を見つめていた。

「用意してこい」

男が言った。その顔つきや表情には似合わない言葉だった。

た。

「はい」

志保先生は素直に頷《うなず》くと、寝室に入った。そしてしばらくしてから、バラ鞭《むち》とバイブレーターと首輪とビデオカメラを持って、それを男の前のテーブルに整頓《せいとん》して置いた。

そして志保先生は、男の足元に正座をして座った。

男はビデオカメラを持って、その先生の姿を録画し始めた。

志保先生は、飼い主を見つめる犬のように男を見上げて、首を前に出した。

男は首輪を先生の首に巻き付けると、乱暴にチェーンを引っ張った。先生は前のめりになったが、男は気にする素振りも見せなかった。

男は鞭とバイブレーターをソファに置くと、ローテーブルを足で乱暴に向こうへ押しのけた。

「四つん這《ば》いになれ」

「はい」

男が命令すると、志保先生はぶるっと震えたようになって頷いた。

ラグマットの上で、男に向かって四つん這いになった。

「横を向け」

「はい」

志保先生はベランダのほうに向いた。美樹はドキッとしたが、先生が美樹のほうを見ることはなかった。

パチンと乾いた音がした。男は座ったまま志保先生の制服のスカートをまくりあげると、ショーツごと尻を平手で叩《たた》いた。

「ああっ」

志保先生が悶《もだ》えた。その痛みが嬉《うれ》しくてしょうがないという感じだった。男が続けざまに何発も平手で叩くと、そのたびに体を震わせて、先生は喜びの声をあげた。

男はビデオカメラを持てるときは持ち、手を使うときはソファに置いて、先生のほうへ向けていた。

次に男はバラ鞭を手に取ると、何の迷いもなく、容赦なくそれを志保先生の尻に振り下ろした。バシンという鋭い音がして、一テンポ置いてから、先生は絶叫した。

「気持ちいいか」

「いいです、もっとぶってください」

志保先生は尻をより突き出して男に懇願した。先生は目を閉じて、尻の痛みを全身に行き渡らせているような仕草をしていた。

次に男は、先生のショーツをずらすと、スイッチを入れたバイブレーターを、性器の中へねじ込んでいった。

「すごおおおいっ」

志保先生はそれを難なく受け入れ、唇の端を涎《よだれ》で濡《ぬ》らしながら喘《あえ》いだ。

男は根本まで入れると、先生のショーツを引っ張って、バイブレーターの底に引っ掛けて、手を離した。細いショーツに固定されたバイブレーターは、先生の中でクネクネと動いてモーター音を響かせていた。

男はその状態で、首輪を引っ張り、右手でビデオカメラを構えた。

志保先生はその合図に、ゆっくりラグの上でぐるりと回って、男のほうに尻を向け、バイブレーターを差し込んでいる性器を見せるように腰を上げた。男は無言でその様子を録画していた。

男はまた首輪を引っ張った。志保先生はまたぐるりと回って、今度は顔を男に向けた。目は妖《あや》しく光り、口は半開きで絶えず吐息と喘ぎが漏れていた。

男はその先生の頰を、思い切り平手で張った。

「ああああっ」

志保先生が叫んだ。体を倒しそうになったが、必死にそれに耐え、また顔を男に向けた。男はその赤くなった頰に、また容赦なくビンタした。先生の髪が乱れて、その髪越しに、先生は恍惚《こうこつ》とした表情を男に向けていた。

男は先生の前で足を組んだ。

志保先生は、その指にしゃぶりついた。

股間《こかん》のバイブレーターの動きに反応しながらも、志保先生は男の指、そして指と指の間を、汚れや汗を全部飲み込むように、丹念に舌で舐《な》め取っていった。

それが全部終わると、志保先生はすがりつくように、デニム越しに男の股間にすがりついた。そして男の顔を見上げながら、ベルトを外し、ファスナーを下ろした。デニムを脱がせると、先生はそれを丁寧に畳んで、ソファの脇に置いた。

「後ろ、はずしていいぞ」

男が言った。志保先生は「はい」と返事をしてから、手を股間に回し、ゆっくりとバイブレーターを抜き取ると、スイッチを切った。バイブレーターは白濁した液体がべっとりとこびりついていた。

志保先生は、男のボクサーショーツ越しに性器を指でなぞり、うっとりとした表情を浮かべた。

男は今度は自分で下着を脱いで、床に無造作に置いた。

驚いたことに、男はまだ勃起《ぼっき》していなかった。柔らかく小さな性器はだらしなく垂れていた。

志保先生はボクサーショーツも丁寧に畳んでから、男を見上げた。

「しゃぶってもいいですか」

「ちゃんと言え」

「私の汚い口に、ご主人様のおちんぽを入れてもいいですか」

志保先生は確かに、「ご主人様」と言った。

男は満足げに頷くと、ビデオカメラを向けた。

志保先生は嬉しそうに、男の性器を口に含んだ。まだ小さいので、すべてが口の中に収まった。先生はくちゅくちゅと音を立て、唾液《だえき》をたっぷりかけて、舌をいやらしく動かしているようだった。

やがて男はカメラを持ったまま立ち上がった。志保先生はその間も、くわえた性器を離さなかった。男は背が低い先生のために、少し腰を落としながらも仁王立ちになった。先生はそんな男の太ももあたりに手を添えて、首を前後させながら一心不乱に性器をしゃぶり続けていた。

「他も奉仕しろ」

男が言った。志保先生はくわえたまま「ふぁい」と返事をした。

男の性器はいつのまにか大きくなっていた。しかし、まだ完全に勃起しているようではなかった。

志保先生はその体勢のまま、男の玉を口に含んで舌で転がしながら、性器を手でしごいた。次に足の間に潜り込むような格好で、男の肛門《こうもん》にしゃぶりつき、その間も五本の指をバラバラに卑猥《ひわい》な動きをさせながら性器をしごいた。

しばらくして男はそんな先生を軽く突き飛ばすようにすると、またソファにどかっと座った。

志保先生はすがるように男に近寄り、性器をしごきながら、乳首を舌で愛撫《あいぶ》し始めた。

男はその様子を無表情で眺めていた。志保先生は自分が奉仕しながらも、ひとつひとつのことに甘い声を上げて、やがてそれは大きな喘ぎ声へと変わっていった。

「おちんぽ、おまんこに入れてください」

男の勃起が完全になったようで、志保先生が言った。

男はそんな先生に、思い切りビンタした。志保先生はビクッとのけぞりながらも、とろんとした目つきになった。

「入れていいぞ」

男が言った。

「嬉しい……」

志保先生はそう言うと、男の体にまたがるようにソファの上に膝《ひざ》立ちになって、後ろ手で男の性器をつかむと、自分の性器へとコンドームをつけないまま、導いていった。

「あああ、入って、くるぅ……」

志保先生が叫んだ。男は先生の尻《しり》を叩いた。その痛みが合図だったのか、先生はずぶっと腰を沈めた。

「すごおおおいいいいっ」

志保先生は絶叫した。

そして挿入の具合を試したりすることなく、ものすごい勢いで前後に腰を振り出した。

「おまんこ、いい、壊れるっ」

志保先生は男の肩に手をかけ、髪を振り乱し涎を垂らしていた。セーラー服とスカーフのあちこちに、その涎が染みを作っていた。男はそんな先生の様子を面白そうに撮影していた。

やがて男はビデオカメラを斜め上に向けて置くと、先生の尻を乱暴に、爪をめりこませるようにして両手で摑《つか》んだ。そして先生の前後の動きを止めると、今度は出し入れするように上下に同じくらいのスピードで動かした。小さな先生の体が、男の上で舞うように跳ねた。

「だめです、すぐいっちゃいます」

志保先生が叫んだ。そしてもんどりうつように体を反らせ、そのまま後ろに倒れていきそうになった。男は慣れた様子で、そんな先生の腕を掴むと自分のほうへ引き寄せた。

「あああああ、もう、だめえええ」

志保先生の目は飛んでいた。

男はそんな先生の腕を自分の首に回させると、いきなり繋《つな》がった状態で立ち上がった。

「いやあああっ」

志保先生の体は易々と宙に浮き、新しい感触に体を震わせた。

男はまた先生の尻を掴むと、そんな先生の体をパンパンと激しい音を立てて、自分へと打ち付けるようにした。先生の股間から、びちゃびちゃと飛沫《ひまつ》のような音がして、それが男の太ももを伝わった。

「おかしくなるぅ……」

志保先生の絶叫と喘《あえ》ぎは、次第に声がかすれて、聞こえなくなってきた。半開きの目は白目になっていて、なんとか男の首に回した手だけは落ちないように力が入っていたが、それ以外は好きなように弄《もてあそ》ばれる人形のようだった。

やがて男はそんな先生の体を掴むと、性器を外して、床に下ろした。

男は先生の髪の毛を乱暴に掴んだ。

「ほら、おまえのまんこで汚れたぞ」

「ごめんなさい、ご主人様」

志保先生は、自分の白い液体に濡《ぬ》れる男の性器に口を近づけた。その瞬間、男は髪の毛を摑んでいた手で、一気に先生の喉《のど》の奥まで性器を押し込んだ。先生のくぐもった声と嗚咽《おえつ》のような呻《うめ》き声が交互に聞こえた。

男は押しつけるのをやめなかった。志保先生の鼻は空気を欲するように広がり、目は真っ赤になって涙がボロボロとこぼれてきた。

やがて志保先生は耐えきれなくなって、男の太ももに置いた手を少し押した。しかし男はすぐには力を緩めず、それから一〇秒くらい我慢させてから、ようやく手を緩めた。

志保先生の口から、粘り気のある大量の唾液が、男の性器の間に伝い、ラグの上に落ちていった。先生は何度もゲホゲホと咳《せ》き込みながら、背中を大きく揺らして、呼吸を整えていた。

男は少ししゃがんでそんな先生の両手を摑むと、まとめてまっすぐ上へと引っ張り、また性器を口の中に押し込んだ。先生は苦悶《くもん》の表情を浮かべながらも、必死になって口と舌を動かし、男の性器への愛撫を続けた。

窒息しそうになる寸前に離し、あたりを唾液で汚してはくわえさせ、先生が苦しむたびに男は口元で満足そうに笑った。

男は先生を、ベランダのほうへ向かせて四つん這《ば》いにさせた。そしてその後ろに膝立ちになり、先生の首に跡がつくくらいに強く首輪を引いた。

「ほら、自分で入れろ」

「はい。ご主人様」

涙と涎《よだれ》と鼻水でぐしゃぐしゃになりながらも、志保先生は可愛らしくそう答えると、自分の尻を振り男の性器の場所を探り当て、自分の性器の中へと沈めていった。

志保先生は前後に体ごと動かし始めた。

「おちんぽ、すごいです、おまんこ、壊れてます、ご主人様」

志保先生が、前を向いたまま叫んだ。

「誰のちんぽ入れても同じこと言うんだろうが、淫乱《いんらん》」

男は先生を見下ろしながら、そう言うと手で尻を打った。

「そんなことありません、私のまんこは、一生ご主人様のおちんぽのものです。ご主人様のおちんぽじゃないと、だめなんです」

志保先生は、喘ぎながらも甘えるように言った。

それは、男に対してだけの言葉ではないように聞こえた。

「よし、ご褒美だ」

やがて男はそう言うと、性器を抜いてベランダに頭を向け、ラグの上に仰向《あおむ》けになった。

「はい。ザーメン、全部ください」

志保先生はそう言うと、男の足の間に正座をするような格好で、男の性器にむしゃぶりついた。激しく手でしごき、頭もそれに合わせて上下させ、唾液《だえき》はそこから溢《あふ》れるままにした。

「気持ちいいですか、ご主人様」

志保先生が男を見上げた。そのいやらしい顔は、ベランダからもよく見えた。

「こぼすなよ」

男はそう言うと、志保先生の頭を強く摑み、性器を根本まで口の中に押し込んだ。

「んんんっ」

塞《ふさ》がれた口の中で、志保先生が叫んだ。男は喉《のど》の奥に大量に射精しているようで、息ができない先生は、その苦しさと体中から襲ってくる快感に、ビクビクと痙攣《けいれん》していた。

男の手が緩み、射精が終わった後でも、志保先生は男の性器を口に含んだまま離さなかった。すべてを舐《な》め、吸い取り、完全に小さくなってもそのままで、男の体にしがみついていた。

「ほら、シャワー行くぞ」

男はそう言うと起き上がった。志保先生はその間も性器をくわえたままだった。完全に立ち上がって口から離れると、寂しそうな表情すら浮かべた。

「おまえもすぐ来い」

「わかりました」

男は全裸のまま、バスルームのほうへ歩いていった。

まるでレイプされた後のような状態の志保先生は、ゆっくり立ち上がると、ベランダのほうへやってきた。

サッシを開ける。

美樹は体育座りをしたまま動けなかった。体はすっかり冷たくなっていた。

「急いで」

志保先生が言った。美樹は頷《うなず》いて、手をついてなんとか立ち上がろうとした。そのとき、微動だにしなかったはずなのに、トランクスの中に大量に射精してしまっていることに気づいた。股間《こかん》に、重く気持ち悪い感触が広がった。

「急いで」

志保先生がもう一度言った。美樹は頷き、自分の精液がトランクスから自分の内股《うちまた》に少し垂れてきたのを感じながらも、なんとか立ち上がった。そして、ふらふらになりながら、忍び足でリビングを通り過ぎていった。バスルームの中からは、シャワーの音が聞こえる。

一瞬、ここで声を出したら、どんなことが起きるだろうかと思った。

同時に、自分にそんな勇気がないことも知っていた。

美樹は玄関で静かに靴を履くと、音を立てないように鍵《かぎ》をあけ、ドアに手をかけた。

「鷺坂くん」

志保先生が小声で呼んだ。振り返ると、セーラー服の先生が美樹に近づき、背伸びをするようにしてキスをした。

「ありがとう。忘れないわ」

美樹はこういうとき、何を言えばいいのかわからなかった。とにかく、あと数秒でもここにいれば、自分は泣き出してしまうだろうし、男も気づいてしまうだろうということだけはわかっていた。

美樹は結局何も言わないまま、ドアを静かに開けると、音を立てないようにエレベーターホールまで走った。

ボタンを押し、やってきたエレベーターに乗り込んだとき、初めて大きく深呼吸した。いままで息をするのを忘れていたような感じだった。

唇に先生の味がした。それは、男の精液の味だった。

解説に代えて

壇　蜜

シリーズ第一作『私の奴隷になりなさい』の映画で香奈役をやらせていただきました。原作は人に薦められて以前に読んでいたんです。その時の感想は「香奈、羨《うらや》ましい」でした。ご主人様がいて、いろいろなことをやってもらって。あんなにうまく行くんだったら苦労はしないなっていうような。

でも、そのあと掘り下げてみたら気づいたんです、香奈は香奈で、どこにも行く場所が無い、寂しい人なんだなって。そして実際に香奈役をやって分かったことがあるんです。彼女はどうしようもなく強い女性なんだなって。だって、先生じゃなくてもよかったと思うんですよ、香奈は。目の前にそういう人がいれば、先生じゃなくてもよかった。先生のパーソナリティが好きになったわけではなくて、先生のプレイと先生のスタイルが好きだった。

映画で香奈役のお話をいただいた時は、確かにヌードや激しいシーンがありますが、私自身まだグラビアしかやっていなかったので、正直、覚悟とかは要りませんでした。

最初に思ったのは、「これ、母親が見たら、なんて言うかな」でした。台本を読ませていただいて、「あ、読んだことある。これ知ってる。これ、できる、できる。そして、こんなのやったら、事件になっちゃうよ」と興奮しました。それで、制作スタッフの方にお会いしたら、ものすごく「脱げますか？」と説得をされている気がしたんです。気を遣われて「このシーンでは見せたい」とか「ここはギリギリまで」とかって言われて。でも、だんだんムズムズしてきて、「言われなくてもやるのに」と思っていたんです。私としては覚悟で脱ぐんじゃなくて、「この映画だったら世の中引《ひ》っ掻《か》き回して遊べそうだから、じゃあ、脱ぐ」っていう気持ちのほうが先行していました。この作品で、自分の居場所が少しでもできるなら絶対にいいと思って。だから、自分のことよりも「これ、母親はどう言うかな」しか無かったです。「それさえクリアすれば、何だってできる」っていう感じでした。だから、覚悟とかは正直、無かったんです。

いつも自分の居場所が無いような気がしているんです。葬儀の業界にも入っていますが、結局、一人前になれたともいえないように、今まで何足も草鞋《わらじ》を履いて生きてくることが多くて。「お金掛けていろんなことを習得した割には、全然それをお金に還元できてない」というのが、一番引け目だったんです。大学に入って、大学出て、就職活動して、専門学校も入って。で、「いろいろお金掛けて、『これやりたい』って言って、親に無理言ったのに、それを自分の生活の糧に還元できないっていうのは、何より恥ずべきことだ」と思っていました。それに今の私は婚活して家に入って男の人の稼いできたお金でご飯食べても、おいしいと感じられない気がしているんです。家に入って貰《もら》うお金っていうのは、旦那《だんな》さんからのお給料みたい。だから、旦那さんが雇い主に見えてきちゃうんです。ご主人様と奴隷の関係とかだったら分かるんですけど、籍を入れたのに、雇い主と雇用者みたいな気がして、すごく納得がいかない。できれば、雇用主ではない夫と出会いたいと思っているのかもしれませんね。

　香奈役に関しては、映画が初めてでしたので、スタッフの方々にすごい指導をしていただきました。監督もスタッフの方も、私に対しては「まだまだ」って思われたはずです。でも私としては、すんなり役に入れたんです。途中で悩んで、もうどうしようもなくてっていうよりも、ただ夢中で演じられた気がします。

　とにかく香奈は「強い」人。そして他者に愛着を感じない人だと思います。自分の欲望にすごく忠実に生きていて、それで自分を満足させている。例えば、先生（ご主人様）を好きになったら、プレイ以外にもいろんなことをしたくなると思うんです。普通のデートとか。でも香奈はプレイがメイン。ですから、プレイでの繋《つな》がりでしかないということに、すごく集中しました。本当だったら、それ以外でも先生とどこか行ったり、お話ししたりっていうのを楽しむ手段もあったと思います、先生に対して愛情があれば。でも香奈は、それじゃなかった。そこが彼女の強さだと思うんです。その強さを出すことに集中しました。プレイだけの関係っていうのは、とても強くて美しいものではあるんです。でもそれだけの関係だったら、普通は続けていくのがしんどいですよね。

さらに香奈は、自分のことを好きになってくれる若い「僕」を、先生からの命令を遂行するための手段でしかないと思いこむようにするのですが、これは大変でした。「僕」が何も知らずに近づいて来たり、愛を語ったりすることに対して、どこかすまないと思う気持ちとかを押し殺さなければいけない。この良心を殺している気持ちが一番しんどくて難しかった。でも、そんな良心を殺したり、何かを抑えている香奈を演じたのが、気に入っているシーンでもあるんです。個人的には、先生とホテルで会って、ボンテージ着て、頭を下げて、「奴隷にさせてください」とお願いするシーン。二人の関係性が決定的に変わる瞬間で、心の動きはものすごく激しいんです。でも体の動きはとても静か。激しさを秘めた静寂が画面に充満している。それが、とても、とても暴力的なんです。

今回、サタミシュウさんの新作『彼女はいいなり』、一気に読んでしまいました。

童貞の高校二年生、美樹くんが彼女の苑子ちゃんを後輩に寝取られてしまって、でもその後、美術の志保先生に慰められて、ついにはいろんなプレイを仕込まれていくっていう……。まず思ったのは、「ミキくん、あしフェチだなぁ」って。苑子ちゃんの太ももばっかり見てますよね（笑）。それから、苑子ちゃんの口調が良かった。美樹くんが思い切って褒めたり恋心を伝えると「急に褒めないでください」とか「照れます」とかって丁寧語になるでしょ。こんな風に要所要所で丁寧語を使うととても色っぽいなぁって。

最後まで読んで浮かんできたのが「卵が先かニワトリが先か」という考え方。「気付きが先だったのか、それとも、刺激が先だったのか」って。つまり美樹くんは、志保先生からレッスンを受けてＳＭ的なプレイにはまっていきますが、それは彼に素質があったからなのか、刺激を受けたからなのか、という問題です。苑子ちゃんの太ももばかり見ていたから（笑）、その素質は少なからずあったとは思いますが、自分の中の何か渦巻いていたものにまず気付いて、刺激のあるほうに行ってしまった結果とも言えますし。多分、どっちも正解なんですが、彼はどっちが強かったのかなって思いました。多分、こういうのが好きっていう意見を持った人たちって、必ずそのきっかけってあると思うんですね。そのきっかけが先なのか、それとも、自分で考えていたことが先なのかっていうのを、すごく考えさせられました。

さらにこの作品全体が、大きな物語を作るためのきっかけになっているんじゃないか、とも感じます。まだまだ続いていくんじゃないかって。

あの作品のあの人は、別の作品のあの人になるんじゃないか、みたいにサタミさんのシリーズでは、各作品の間で繋がりがいっぱいあると感じているんです。あまり登場人物の苗字《みょうじ》が出てこないのも、驚くような隠し玉があるんじゃないかなって思って、読みながらワクワクしています。

SとMの関係が連鎖するように、このシリーズもどこかで連鎖している。志保先生は誰かから何かを授かって、それを美樹くんに繋いだ。美樹くんはまた十年後に誰かに繋いでいくんじゃないでしょうか。

「エデュケーション（education：教育）」という言葉が作品中に出てきます。調教＝教育、だと思うのですが、さらに私は「エグザミネーション（examination：試験）」になっているような気がして。「エデュケーション」から「エグザミネーション」、まさにこれ、学校ですよね。作品の舞台も高校ですが、彼らの恋愛や、彼らのプレイスタイルも学校での出来事と同じなんだなって、感じました。宿題も出されることになりますし。

この、教えた人と教育を受けた人がシリーズ全体で最終的に合致したら、きっと面白いだろうなって思うんです。十年後に、美樹くんは自分の恋人じゃない人とそういう関係になって、その恋人じゃない人には旦那さんがいて。で、その間に生まれた子どもと、志保先生に教育受けた人とがどうにかなっても、私は構わない気がします。そこで一個のリンクができあがったら、とっても興奮しないですか。

（女優）

初出　「デジタル野性時代」二〇一二年九―一〇月号

彼《かの》女《じょ》はいいなり

サタミシュウ

角川文庫 17592

平成二十四年九月二十五日　初版発行

発行者—井上伸一郎
発行所—株式会社角川書店
東京都千代田区富士見二—十三—三
電話・編集（〇三）三二三八—八五五五
〒一〇二—八〇七八
発売元—株式会社角川グループパブリッシング
東京都千代田区富士見二—十三—三
電話・営業（〇三）三二三八—八五二一
〒一〇二—八一七七
http://www.kadokawa.co.jp

印刷所—旭印刷　製本所—BBC
装幀者—杉浦康平

定価はカバーに明記してあります。

さ 47-6　ISBN978-4-04-100531-6　C0193

角川文庫発刊に際して

角　川　源　義

第二次世界大戦の敗北は、軍事力の敗北であった以上に、私たちの若い文化力の敗退であった。私たちの文化が戦争に対して如何に無力であり、単なるあだ花に過ぎなかったかを、私たちは身を以て体験し痛感した。西洋近代文化の摂取にとって、明治以後八十年の歳月は決して短かすぎたとは言えない。にもかかわらず、近代文化の伝統を確立し、自由な批判と柔軟な良識に富む文化層として自らを形成することに私たちは失敗して来た。そしてこれは、各層への文化の普及滲透を任務とする出版人の責任でもあった。

一九四五年以来、私たちは再び振出しに戻り、第一歩から踏み出すことを余儀なくされた。これは大きな不幸ではあるが、反面、これまでの混沌・未熟・歪曲の中にあった我が国の文化に秩序と確たる基礎を齎らすためには絶好の機会でもある。角川書店は、このような祖国の文化的危機にあたり、微力をも顧みず再建の礎石たるべき抱負と決意とをもって出発したが、ここに創立以来の念願を果すべく角川文庫を発刊する。これまで刊行されたあらゆる全集叢書文庫類の長所と短所とを検討し、古今東西の不朽の典籍を、良心的編集のもとに、廉価に、そして書架にふさわしい美本として、多くのひとびとに提供しようとする。しかし私たちは徒らに百科全書的な知識のジレッタントを作ることを目的とせず、あくまで祖国の文化に秩序と再建への道を示し、この文庫を角川書店の栄ある事業として、今後永久に継続発展せしめ、学芸と教養との殿堂として大成せんことを期したい。多くの読書子の愛情ある忠言と支持とによって、この希望と抱負とを完遂せしめられんことを願う。

一九四九年五月三日

恋するおもちゃ

サタミシュウ

痛みは簡単に快楽に繋がる——
大人気シリーズ第5弾

わたしは誰からもちやほやされ、それを知っていながら気づいていないように振る舞う嫌な女でした。でも、ご主人様はわたしの虚栄を見抜かれました。「おまえをおもちゃのように扱う」どうしてこんなに乱暴に扱われて、わたしの体は喜んでいるんだろう？　快感と恐怖に包まれて、わたしはここまでいやらしくなれるんだ……。官能小説の可能性を大きく広げるサタミシュウが描くエロスと愛の真実。

ISBN978-4-04-386805-6